みずコスモス 2

矢崎節夫 著

JULA

……いのち……こだます……宇宙……

みすゞコスモス2……いのちこだます宇宙……◉目次

『みすゞコスモス』へどうぞ――6
こだまでしょうか――10
さびしいとき――18
土――14
つつじ――26

葉っぱの赤ちゃん —— 30
昼と夜 —— 34
花屋の爺さん —— 38
蟬のおべべ —— 42
ふうせん —— 46
梨の芯 —— 50
ながい夢 —— 54
ばあやのお話 —— 58
藪蚊の唄 —— 62
仙人 —— 66
玩具のない子が —— 70
うらない —— 74

お勘定 78
お花だったら 82
木 86
土と草 90
弁天島 94
灰 98
落葉 102
大漁 106
私と小鳥と鈴と 110
なまけ時計 114
雀のかあさん 118
春の朝 122

転校生　126
お月さんとねえや　138
みえない星　130
繭と墓　142
月と泥棒　134
鯨法会　146
あとがき　150

『みすゞコスモス』へ　どうぞ

金子みすゞさんの作品は、五百十二編の星が光り輝いている、深くて、広い、童謡宇宙です。このみすゞさんの宇宙を、〝みすゞコスモス〟と私は呼んでいます。

みすゞコスモスの中心星は、「大漁」ですが、宇宙全体をまわっている彗星は、「こだまでしょうか」という作品です。

こだまとは、こちら側からむこう側へ思いを飛ばす行為です。そして、こちらを丸ごと認め、受け入れてくれて、むこう側からこちら側に戻してくれる行為です。こだま、こだましあうとは、こちら側だけのまなざしで見、考えることではなく、むこう側からも見、考えることのできるまなざしを持つことです。

みすゞ作品に共通して流れているのは、まさにこのまなざしだったのです。ですから、みすゞコスモスは、こだましあう宇宙なのです。

前作『みすゞコスモス――わが内なる宇宙』を出版してから、「スペース・みすゞコスモス」という、全国のみすゞさんを大好きな人たちが自由に参加できる会が生まれました。事務局はJULA出版局内にあります。この会では特別に呼びかけ人として、各界でご活躍のみすゞコスモスの先達の方々にも参加していただきました。そして、年に四回ほど、それぞれの方と私とが、みすゞ作品を通して語りあう、「みすゞトーク」を行なっています。

この本の中にも、「みすゞトーク」ということばが何度かでてきますが、このトークのことです。また会では、トークの紙上再録やみすゞさんの最新情報を載せた会報も発行しています。

みすゞさんが甦ってくれたおかげで、私たちが手にした大きな喜びの一つは、なかなか直接お会いすることのできない、すてきな方々にお会いしてお話をうかがえるということでしょう。

まだまだみすゞコスモスには、すばらしい先達の方がたくさんおられます。その方々にお会いできることを、とても楽しみにしています。

前作を通して、みすゞコスモスを旅し、ようやく最近になって、すべてはこだましあっているということに気づくことができました。そのこだまを、私自身こだまして返すことをせずに、止めていた、そんな気が、今とてもしています。

まず、自分自身が〝こだます〟ことから始めたいと思います。そして――この本を読んでくださった方の一人でも、こだましてくださったら、とても倖せです。

みすゞコスモス 2

……いのちこだます宇宙

こだまでしょうか
「遊《あす》ぼう」っていうと
「遊ぼう」っていう。

みすゞの故郷・仙崎の家並

「馬鹿」っていうと
「馬鹿」っていう。

「もう遊ばない」っていうと
「遊ばない」っていう。

そうして、あとで
さみしくなって、

「ごめんね」っていうと
「ごめんね」っていう。

こだまでしょうか、
いいえ、誰でも。

「こだまでしょうか」を読むと、本当にそうだな、と思います。

人と人、人と自然、私たちの世界はすべて、〝こだま〟で成り立っているのです。

〝こだまとは、こちらの存在を丸ごと受け入れて返してくれる行為〟です。そして、返ってくる時は、半分の大きさになって戻ってくるのです。

幸いなことに、かつて私たちはこだましてくれる大人に囲まれていました。「痛い」といったら、「痛いね」といってくれる、お父さん、お母さん、おじいさん、おばあさん、先生でした。

痛い時に、「痛いね」といってくれたおかげで、私の痛さは半分になったのです。さらに、「痛いね、痛いね、かわいそうだね」と繰り返し、こだましてくれ、こころに添ってくれたおかげで、私の痛さはいつの間にか消えていったのです。

「痛いの、痛いの、飛んでいけ！」という呪文も、まず丸ごと受け入れてくれて、初めて効果を発揮できたのです。

今は、どうでしょうか。

小さい人たちは、こだまをしない大人によって囲まれている、そんな気がします。

「痛い」といった時、「痛くない」という大人が増えました。否定することで、痛みは消えると思ってしまったのでしょう。

〝このお父さんなら、このお母さんなら、愛してくれると思って生まれてきてくれた

子どもたち〟です。

この愛してくれるべき大人から、「痛くない」と否定された時、その子の痛さはどこへいくのでしょうか。

痛さやさびしさやかなしさを入れる、こころの中にある器に、そのまま入れるしかないのです。

そして、とても残念なことに、この器が中学生ぐらいでいっぱいになってしまう人がいるのです。

そうすると、新しい痛さやさびしさ、かなしさに出合った時、器にはもう入れられないので、一度、その器をひっくり返して、からにしなければならないのです。

このからにする行為が、「なんであんないい子が、あんなことしたんだろう」とか、「あんないい子が、あんなことをいうんだろう」と、大人が驚くような行動や発言になるのでしょう。

それなのに、私たち大人は、「時代が変わった」とか、「世の中が変わった」と、まるで自分とは関係がないかのようにいうのです。でも、時代を変えたのも、世の中を変えたのも、小さい人たちではありません。私たち大人なのです。

一番大切な人たちに〝こだます〟ことを忘れ、一方的に否定することで、痛みをそのまま置いてきたことにも気づかずにいる私たち大人が、小さい人たちを追いつめてきたのです。

だからこそ、みすゞさんは、今、甦ってくれたのでしょう。

小さい人たちのためだけではなく、いえ、私たち大人が、忘れてきてしまった大切なことを思い出すために、みすゞさんは甦ってくれた、そんな気がします。

土

こッつん　こッつん
打《ぶ》たれる土は
よい畠になって
よい麦生むよ。

朝から晩まで
踏まれる土は
よい路になって
車を通すよ。

打たれぬ土は
踏まれぬ土は
要らない土か。

いえいえそれは
名のない草の
お宿をするよ。

人類を含めて、すべての動植物、鉱物も地球から生まれました。

〝地球は私たちのお母さん〟です。

この地球を生みだしたのは宇宙ですから、〝宇宙は私たちのおばあさん〟です。

地球というお母さんは、この世に一つとして無用なものをつくっていません。

すべて、〝いるだけで役に立っている〟〝存在するだけでいい〟のです。

ただ、人類という一番最後に生まれてきた私たちが、自分たちの兄弟や姉妹にむかって、これは役に立つ、これは役に立たないと、かってに区別しているのです。

〔打たれぬ土は／踏まれぬ土は／要らない土か。／／いえいえそれは／名のない草の／お宿をするよ。〕

地球というお母さんから見れば、何一つ無用な存在はないのです。

私たち大人にとって、小さい人たちの存在も同じです。

〝いるだけで役に立っている〟のです。

〝存在してくれるだけでいい〟のです。

大人のいうことを聞く、聞かないではなく、ましてや、勉強ができる、できないの問題ではなく、まず、〝いるだけで役に立っている〟のです。〝存在してくれるだけでいい〟のです。

しかし、私を含めて、多くの大人たちが、このことばをいってあげなくなりました。

いえいえ、その理由すら忘れてしまってい

るのかもしれません。

「なぜ、小さい人たちはいるだけで役に立っているのでしょうか」

「なぜ、存在してくれるだけでいいのでしょうか」

小さい人たちがいてくれるおかげで、私たち大人は日々を過ごすことができるから、というのが答えです。

もし、今、一瞬にして、この地上から小さい人たちが消えてしまったら、私たち大人は生き続ける力を、支えを、失くしてしまうことでしょう。

大人が未来を夢見ることができるのも、世の中がこんなふうになるといいと願えるのも、また、歳を重ねながら、それでも自分をより魅力のある人にしたいと、自分自身を大事にできるのも、〝私たちのいのちを確実に未来に運んでくれる小さい人たちがいてくれるおかげ〟なのです。

それなのに、こんなに大事なことを、私を含めた多くの大人は、完全に忘れてしまっていたのです。

私たちはいつの間にか、小さい人たちが存在してくれることのありがたさを意識することなく、当然、いるのがあたりまえと、一方的に思ってきたのです。

そろそろ、このことに気づく時ではないでしょうか。

私たち大人にとって、いえ、人類全体にとって、未来にいのちを受け継いでくれる小さい人たちは、〝いるだけで役に立っている〟のです。〝存在してくれるだけでいい〟のです。

このことばを、大事な小さい人たちに、きちんといってあげられる大人でいたいと、反省を込めて思います。

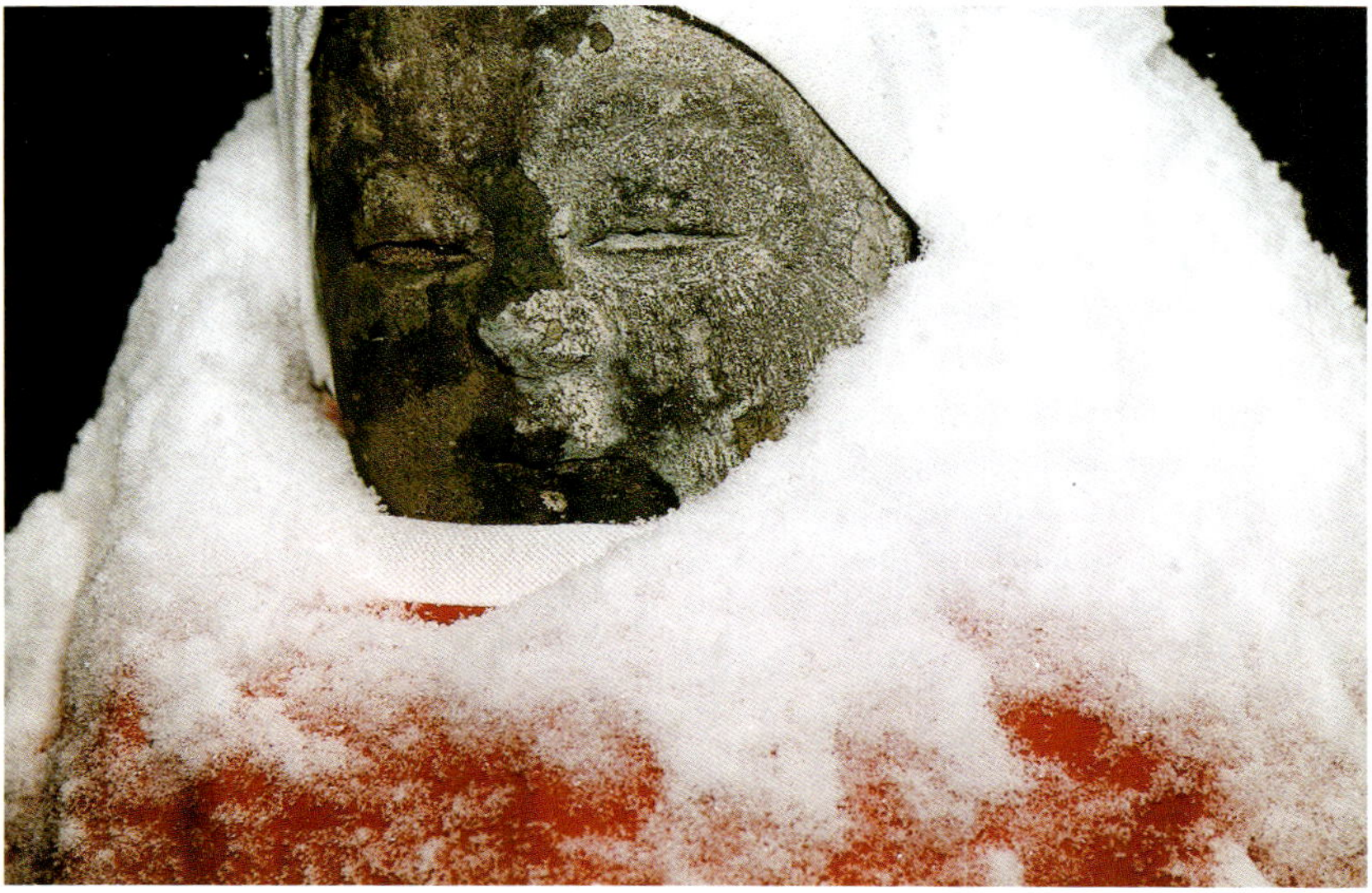

さびしいとき

私がさびしいときに、
よその人は知らないの。

私がさびしいときに、
お友だちは笑うの。

私がさびしいときに、
お母さんはやさしいの。

私がさびしいときに、
仏さまはさびしいの。

〔私がさびしいときに、／仏さまはさびしいの。〕

この一行で、どんなに私たちは救われることでしょうか。

「さびしいとき」を読むまで、一度も、このようなことを考えたことはありませんでした。仏さまや神さまは、私がさびしい時にはさびしさを取り除いてくれる存在だと、一方的に思っていたのです。

しかし、みすゞさんの「さびしいとき」に出合って、初めてわかりました。

仏さまや神さまは、どんなに祈っても、どんなに願っても、私のさびしさを取り除いてはくれないし、代わってもくれないのです。

ただ、最良最善の存在である仏さまや神さまは、すぐにこだましてくださるのです。「さびしいね」と。

「さびしいとき」を読むと、私のさびしさがしっかりと支えられる、そんなうれしい気持ちになります。

それは――

〔よその人は知らないの。〕

〔お友だちは笑うの。〕

〔お母さんはやさしいの。〕

〔仏さまはさびしいの。〕

と、私のさびしさがむこうからずっと歩いてきて、ぴしっと、まっすぐに受け止められる実感が、この作品の中にはあるからなのでしょう。

〃仏さまや神さまが、いつも私の中に、私と一緒にいてくださるのは、すぐにこだましてくれるため〃だったのですね。

〔私がさびしいときに、／お母さんはやさしいの。〕

お母さんとは、「さびしくない」と否定したり、「がんばれ、しっかり」と一方的に励ましたりしない存在なのですね。お母さんはやさしいのと、みすゞさんは歌っていますから。

やさしいとは、どういうことでしょうか。やさしいとは、〃優しい〃という字で、イ（にんべん）に憂いと書きます。憂いている人の隣りに立って、一緒に憂えるという意味です。

〔お母さんはやさしいの。〕という〃やさしさとは、こだましてくれる行為〃なのです。

小さい人たちにとって、お母さんは仏さまや神さまと同じく、最良最善の存在なのですね。もちろん、こだましてくれる限り、お父さんも、おじいさんも、おばあさんも、そして先生も、みんなそうです。

では、どうして〔私がさびしいときに、／お友だちは笑うの。〕でしょうか。

それは、お友だちにはことばで説明しなければならないからです。「これこれこういう理由でさみしいの」と。

ことばでしか、私たちは自分の気持ちや考えを人に伝えることはできませんが、しかし、〃ことばは伝わりづらい〃のです。

とくに自分の気持ちや考えを人に伝えようとする時、自分ではすでにわかっていることを人に伝えるのですから、一〇〇パーセント語る努力をしないのが人だといっていいでしょう。

いえ、すでに自分ではわかっているから こそ、かえってへらして語ってしまうのが、ことばなのです。

それでいて、じつは相手の人には一〇〇パーセント伝わったと思いがちになるのも、ことばなのです。

ですから、「この間、いったでしょ」といいがちなのです。

「この間、いったでしょ」というのは、相手がそれを理解できたかどうかは全く関係なく、ただ一方的にこちらのいいたいことをいった、ということなのです。

本当は、「この間、きけたでしょ」というのが正解なのです。

お友だちが笑ってしまったのは、語るこちら側のことばの使い方が不完全だったからでしょう。

しかし、お友だちですから、笑ってしまったその後で、「笑ってしまったけど、誰々さんにとって、もっと深いさみしさだったんだ」と、きっと、そのさみしさに佇んでくれることでしょう。

〝ことばには色とスピードがあります〟

自分の使うことばがどんな色なのかを考えて、うれしい色のことばを使いたいと思います。そして、ドッチボールではなく、キャッチボールのスピードで、

〝相手のこころに届くように、相手のこころに添うように、ことばを使いたい〟と、今、強く思います。

さびしいときに、笑われてしまうのは残念ですが、「知らない」といわれると、さびしさははてしなく深くなっていきます。

「さびしいとき」を、逆に読んでいくと、それがよくわかります。では、ここで、四連目から逆に読んでみましょう。

逆読さびしいとき

私がさびしいときに、
仏さまはさびしいの。

私がさびしいときに、
お母さんはやさしいの。

私がさびしいときに、
お友だちは笑うの。

私がさびしいときに、
よその人は知らないの。

〔私がさびしいときに、〕
〔仏さまはさびしいの。〕
〔お母さんはやさしいの。〕
〔お友だちは笑うの。〕
〔よその人は知らないの。〕

さびしさは支えられることなく、広がっていきます。

「あなたのさびしさ、わかるよ。知ってるよ」と、簡単にいってほしくはないけれど、「わからない、知らない」といわれるよりかは、はるかにいいような気がします。

では、〔よその人は知らないの。〕の中の、よその人とは、いったい誰のことでしょうか。

お父さん、お母さん、おじいさん、おばあさん、兄弟、姉妹、血のつながりのある人は、もちろん、よその人ではありません。お友だちや先生だってそうです。

よその人とは、このような人間関係のない、〃他人〃といわれる人のことでしょうか。

みすゞさんの歌う、〃よその人〃とは、ふつうの意味でいうよその人とはちがうようです。

『新約聖書』ルカによる福音書の第十章を読むと、少しわかるような気がします。

ある律法学者がイエスにたずねます。

「先生、何をしたら、永遠の命を受け継ぐことができるでしょうか」

イエスは答えました。

「律法には何と書いてあるか。あなたはそれをどう読んでいるか」

「『心を尽くし、精神を尽くし、力を尽くし、思いを尽くして、あなたの神である主を愛しなさい、また、隣人を自分のように愛しなさい』とあります」

イエスはいわれました。

「正しい答えだ。それを実行しなさい。そうすれば命が得られる」

しかし、律法学者は自分を正当化しようとして、イエスにたずねました。

「では、わたしの隣人とはだれですか」

イエスは答えていわれました。

「ある人がエルサレムからエリコへ下って行く途中、追いはぎに襲われた。追いはぎはその人の服をはぎ取り、殴りつけ、半殺しにしたまま立ち去った。

ある祭司がたまたまその道を下って来たが、その人を見ると、道の向こう側を通って行った。

同じように、レビ人もその場所にやっ

て来たが、その人を見ると、道の向こう側を通って行った。

ところが、旅をしていたあるサマリヤ人は、そばに来ると、その人を見て憐れに思い、近寄って傷に油とぶどう酒を注ぎ、包帯をして、自分のろばに乗せ、宿屋に連れて行って介抱した。

そして、翌日になると、デナリオン銀貨二枚を取り出し、宿屋の主人に渡して言った。

『この人を介抱してください。費用がもっとかかったら、帰りがけに払います』

さて、あなたはこの三人の中で、だれが追いはぎに襲われた人の隣人になったと思うか」

律法学者は答えました。

「その人を助けた人です」

そこで、イエスはいわれました。

「行って、あなたも同じようにしなさい」

隣人とは、〝傷ついた人の痛みにこだましてくれた人〟のことだったのですね。

みすゞさんの歌った、〔よその人は知らないの。〕のよその人とは、どんなに血のつながりがあろうが、どんなに仲良しの友だちであろうが、どんなにすてきな先生であろうが、こだましてくれない限り、よその人だということです。

考えてみると、私自身、どれほど〝こだます〟ことのない大人であり続けてきたことでしょうか、家族に、そして、友人たちにも。

みすゞさんのおかげで、大切なことを思い出すことができました。

つつじ

小山のうえに
ひとりいて
赤いつつじの
蜜を吸う

どこまで青い
春のそら
私は小さな
蟻かしら

甘いつつじの
蜜を吸う
私は黒い
蟻かしら

花をつみ取って、花の蜜を吸ったおぼえのある人はたくさんいらっしゃるでしょう。

今でも、サルビヤの花を見つけると、一つ、二つ、蜜を吸わせてもらうのですが、つつじの蜜は吸ったことがありません。どんな味がするのでしょうか。

「つつじ」を読むと、赤、青、黒の色彩の見事さに、どきっとします。

〔私は黒い／蟻かしら〕と読んだとたん、読み手の私自身が、きゅっとちぢまって、黒い小さい蟻になるような気がします。

〔小山のうえに／ひとりいて〕と歌う小山は、幼い頃、お友だちとよく遊びにいった、仙崎の三上山かな、それとも、大津高女時代の学校の裏山かなとも想像します。

ありくんから見ると、私たちの世界は全くちがって見えることでしょう。人は大き過ぎて、そのうえ、ものすごい速さで動いているので、きっと見えないでしょう。それどころか、私たちが平らと思っているところでも、ありくんにはでこぼこだらけでしょう。

雨はどうでしょう。雨粒の一つひとつが、ありくんには見えるでしょうか。ふつうの雨粒の大きさは二ミリほどで、それが秒速五、六メートルの速さで落ちてきます。ですから、私たち人にとっては、意外とゆっくりと落ちてくるといっていいでしょう。

でも、二、三ミリの大きさのありくんにとっては、自分と同じ大きさの雨粒がものすごい超特急で落ちてくるのでしょう。もし、その雨粒がありくんを直撃したら、よくてムチ打ちか、ぎっくり腰、そうでなければ死んでしまうでしょう。

しかし、雨の止んだ後に、ムチ打ち症のありくんを私は見たことがありません。ぎっくり腰のありくんも見たことがありません。水たまりに浮かんでいるありさえ、見たことがない気がするのです。

いったい、どうしてなのでしょうか。見たことがないのは、私だけなのでしょうか。

もちろん、雨粒もかたまって落ちてくるわけではないのですから、雨粒と雨粒の間には、すきまがあるでしょう。ありくんは、そのすきまを、雨粒を上手によけながら逃げているのでしょうか。そうだとしたら、ありくんって、すごい！　のです。

でも、やはりそうではなくて、雨が降る前に、きっとありくんにはわかるのでしょう。だから、雨が降る前に穴にかくれて、ふたをして避難しているのかもしれません。

そうだとしたら、〝やっぱり、ありくんはすごい！〟と思います。

なぜって、私たちは天気予報を見なければ、雨が降るかどうかわからないし、天気予報で晴れるといっても、雨にぬれることもあるし、その逆もあるのです。

考えてみれば、四十六億年前に地球ができた時から、天気くんはずっと天気をやっていて、私たち人類はついこの間、生まれたばかりですから、天気予報があまりあたらなくてもしかたないのですね。

天気がわかるありくんはすごい！　そして、〝あんなに小さいありくんがすごいと気づく人間くんもなかなかすてきでしょ〟と、ありくんにいってみたい気もします。

葉っぱの赤ちゃん

「ねんねなさい」は
月の役。
そっと光りを着せかけて、
だまってうたうねんね唄。

「起っきなさい」は
風の役。
東の空のしらむころ、
ゆすっておめめさまさせる。

昼のお守りは
小鳥たち。
みんなで唄をうたったり、
枝にかくれて、また出たり。

ちいさな
葉っぱの赤ちゃんは、
おっぱいのんでねんねして、
ねんねした間にふとります。

みすゞさんは、我が子でこころをいっぱいにしていた、すてきなお母さんでした。

〔「ねんねなさい」は／月の役。〕と、子もりうたから、この作品が始まっていることで、そのことがよくわかります。

私ならきっと〔「起っきなさい」は／風の役。〕から始めて、〔昼のお守りは／小鳥たち。〕そして、〔「ねんねなさい」は／月の役。〕と――朝、昼、夜と順を追って最後に、〔ちいさな／葉っぱの赤ちゃんは、／おっぱいのんでねんねして、／ねんねした間にふとります。〕と歌ったことでしょう。

しかし、みすゞさんはちがいました。「ねんねなさい」と、子もりうたから始めているのです。

このことに、深く感動します。

〃このお父さんとお母さんなら愛してくれると思って、選んで生まれてきてくれた子ども〃です。その子にお母さんがかける最初のことばは、「いい子だね、かわいいね、ねんねねんよ」の子もりうたなのですね。

葉っぱの赤ちゃんは、木というお母さんだけに育てられているのではない、ということも、この作品でわかります。

月の光、星のまたたき、風のそよぎ、鳥のさえずり、もちろん、日の光によっても、時には空から降ってくる一粒の雨によってさえ、育てられているのです。

〃一枚の葉っぱの赤ちゃんは、宇宙全体で育てられている〃のです。

私たちだって、同じです。人は人によってのみ、育てられているのではありません。

〝私たちも、また、宇宙全体で生かされ、育てられている〟のです。

ここに思いが届かないから、自分だけで生きていると思いがちなのでしょう。

海洋生物学者の廣崎芳次先生のお話だと、「太平洋のまん中には魚はいない」そうです。「では、どこにいるのですか」とうかがうと、「陸に近いところにいるのです」。

魚も、海だけで生きているのではなかったのです。陸があって初めて、魚は生きていけるのです。

陸で生きている私たちだって、海があって初めて生きていられるのです。いえ、陸に住むすべての動植物は、七〇パーセントは海の水によって満たされているのです。

それも、今から四十億年前に、「生命のスープ」と呼ばれた海にいのちが生まれ、タンパク質やDNAを脂肪の膜で包み込んだ時、一度だけ自分の中に取り入れた海水によってです。

〝海と陸は一体であり、不可分〟です。

今、地球というお母さんが病んでいるのは、最後の子どもである人類だけが、海は海、陸は陸とわけてしまったからです。

陸で生きる私たちがこちら側からだけでなく、海の側、むこう側から見るまなざしを持てたら、地球というお母さんはこれ以上、傷つくことはないでしょう。

〝地球によって、宇宙によって、生かされ、育てられている私たち〟です。

〝人は人のみによって生きているのではない〟

これもみすゞさんによって気づかせてもらったことの一つです。

昼と夜

昼のあとは
夜よ、
夜のあとは
昼よ。

どこに居たら
見えよ。

長い長い
縄が、
その端と
端が。

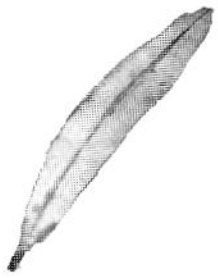

たそがれ、ということばが好きです。

「誰そ彼れ」から生まれたことばですが、誰だか区別のつかなくなった夕方のうす暗い時分をさすことばです。

あかつき、ということばもあります。

「明時」から生まれたことばで、夜明け前のうす暗い時分のことです。「春は曙」といいますが、あけぼのより少し早い時刻をさすことばです。

〔昼のあとは／夜よ、／夜のあとは／昼よ。//どこに居たら／見えよ。〕と、みすゞさんは歌っていますが、本当に昼と夜の境目はどこなのでしょうか。

以前に一度だけ、通り雨の境にいたことがありますが、自分の片側がぬれていて、反対側はぬれていない、そのまま雨は通り過ぎていったのです。ほんの短い時間でしたが、雨と晴の境を見たふしぎな感動でした。

昼と夜、光と影の境目は厳密にいうと、ないというのが正しいのかもしれません。

では、どちらが先なのでしょうか。

「初めに、神は天地を創造された。地は混沌であって、闇が深淵の面にあり、神の霊が水の面を動いていた。

神は言われた。『光あれ』こうして、光があった」と、旧約聖書「創世記」の初めに書いてあります。

まず闇があって、光が生まれたのです。

これはとても大事なことだと思うのです。

以後、闇と光、夜と昼は不可分のものとなったのです。

闇ばかりの世界だったら、私たちは生まれてはこなかったかもしれません。光ばかりの世界でも、そうだったでしょう。少なくても、今の世界のすべての存在が、ちがっていたことはたしかでしょう。

「葉っぱの赤ちゃん」の中で、〈ちいさな／葉っぱの赤ちゃんは、／おっぱいのんでねんねして、／ねんねした間にふとります。〉と、みすゞさんは歌っていますが、実際、成長ホルモンは夜の時間のほうが、起きている時よりはるかに増えるのだそうです。

でも、闇ばかりでは、今の世界はありえないのです。夜の冷たさがあって、朝日のあたたかさに出合って、一輪の野の花でさえ花ひらくのですから。

私たちの日々も、また、同じでしょう。

私たちはこの世に生まれでてくるまで、お母さんの心音を聴いて大きくなったのです。そのお母さんに抱いてもらうためには、一度、心音から離れなければなりません。

きっと赤ちゃんにとって、はてしない不安とさびしさの中での旅立ちだったでしょう。この不安とさびしさという〝辛い体験〟をして、この世に生まれてくるからこそ、最愛のお母さんにしっかりと抱きしめられた時、赤ちゃんは人としての最初の幸せに出合えるのです。

〝辛いことがあって、幸せに出合える〟のです。

どこから昼で、どこから夜とはっきりとわけられないように、辛いも幸せも、一体となってあるのでしょう。

〝辛い時は幸せに近づいている時〟です。

花屋の爺さん

花屋の爺さん

花売りに、
お花は町でみな売れた。

花屋の爺さん
さびしいな、
育てたお花がみな売れた。

花屋の爺さん
日が暮れりゃ、
ぽっつり一人で小舎のなか。

花屋の爺さん
夢にみる、
売ったお花のしあわせを。

〝辛い〟ことから、〝幸せ〟に出合えると書きましたが、みすゞさんのしあわせは、〝幸せ〟という字ではありません。

「花屋の爺さん」を読むと、このことがよくわかります。

〔花屋の爺さん／夢にみる、／売ったお花のしあわせを。〕

売ったお花がしあわせなのは、どのような時でしょうか。それは、花を買った人が花を見て、「きれいだな」と、しあわせな気持ちになってくれた時です。

花屋のおじいさんが売った花のしあわせを想うとは、まず、花を買ってくれた人が花を見て、しあわせな気持ちになってくれるといいなと願うこころなのです。

〝花だけがしあわせ、ということはない〟のですね。

花にとっては、花を見た人がしあわせになってくれない限り、花のしあわせはないのですから。

私たちだって、同じです。

〝一人だけがしあわせということはない〟のです。

ですから、みすゞさんのしあわせは、〝幸せ〟という字ではなく、〝幸せ〟の隣りに、もう一人、人を置いた〝倖せ〟という字なのです。

〝幸せ〟は、こちら側だけのしあわせ、〝倖せ〟は、むこう側もしあわせという字です。

〝辛い〟ことがあって、〝幸せ〟に出合い、さらにこのこちら側だけの〝幸せ〟から、むこう側へと〝倖せ〟を広げていけたらいいなと思います。

〝倖せとは、しあわせがこだましあっている姿〟です。

ところで、しあわせとは、物の多さやお金がいっぱいあるなしではなくて、朝起きて、「おはよう」といえ、夜、「おやすみ」と、なんの不安もなく眠れることだと、この頃、やっと思えるようになりました。

〝夜、なんの不安や心配ごとがなく眠れるというほどのしあわせはない〟と、つくづくこの頃、思います。

そのうえで、家族の笑い声や、友だちとの楽しい語らいがあれば、これはグリコのおまけ以上のおまけです。

若い時は、とかく物やお金にこだわりがちですし、もちろん、それはあったほうがいいのですが、少しずつ歳を重ねていくと、それ以上に大切なことが見えてくる、そんな気がします。

日々の生活そのものが、特別のことがなく、昨日のように、今日に続く今日のように、ゆったりとした雲の流れに似て、おだやかに過ぎていくことが、どれほどしあわせなことかと感じられるようになってきました。

秋になって、木が葉をすべて落として、木そのものの姿になって、凛として立っているように、

〝歳を重ねるということは美しい行為〟なのでしょう。

このことに気づくため、親はある時期、我が子のことで悩んだり、心配したり、不安な夜を過ごすのかもしれませんね。

蟬のおべべ

母さま、
裏の木のかげに、
蟬のおべべが
ありました。

蟬も暑くて
脱いだのよ、
脱いで、忘れて
行ったのよ。

晩になったら
さむかろに、
どこへ届けて
やりましょか。

「蝉のおべべ」を読むと、おだやかで、しあわせな気持ちになります。子どもの頃、母とよくやった日なたぼっこのように、からだのしんまであたたかくなってきます。それは、この作品の中に、母と子の絶対的な信頼関係が感じられるからでしょう。

〔母さま、／裏の木のかげに、／蝉のおべべが／ありました。〕

幼子とお母さんが、同じものを同じ高さで見ながら、話をしている姿が、美しい一枚の絵のように、浮かんできます。

幼子の問いに、お母さんは〃その子のこころに添うように、届くように〃、まっすぐに答えてくれているのです。

〔蝉も暑くて／脱いだのよ、／脱いで、忘れて／行ったのよ。〕

このお母さんの答えは、幼子のこころに、どんなにか大きな感動を与えたことでしょう。「古くなったから、そこに置いていったのよ」では、幼子の次のことばは生まれてこなかったでしょう。

〔晩になったら／さむかろに、／どこへ届けて／やりましょか。〕

みすゞさんもきっと、幼いふさえさんの問いに、こんなふうにこだまを返していたにちがいありません。そして、それは、みすゞさん自身が、お母さんのミチさんに、きちんとそうされていたからでしょう。

みすゞさんのお母さん、ミチさんは、鈴を震わせるような、やさしい、よく通った声の持ち主で、すらりとした粋できれいな人だったといいます。

大の活字好きで、また、大の歌舞伎好きで、難しい筋立てをよく話してくれたそうです。

「昭和十一年に下関の上山文英堂が破産し、下関駅前の小さな支店に移った時、生活がとても苦しくて、あなたを女学校へあげるのは無理かと思った時があったと、後から聞いて驚いた記憶があります。

私に心配かけまいと、そんなそぶりは一つも見せませんでしたから」

と、最近、みすゞさんの一人娘ふさえさんからうかがって、ミチさんとみすゞさんはよく似ているなと思いました。みすゞさんも最後まで、自分の辛さを外に見せることのない人でしたから。そんなミチさんが健在だったから、みすゞさんは自らのいのちをかけて、ふさえさんを夫から守ることができたのでしょう。

「私を育ててくれたように、ふうちゃんのことをくれぐれも頼みます」と、遺書には書いてありました。

「お父さん、お母さんの二人分のことをするのは大変だったと、ミチおばあちゃんがいったことがありましたが、それでも、母恋しとも、父に会いたいとも思ったことはありませんでした。それは、ミチおばあちゃんの愛を充分にいただいていたからだと思います」

と、ふさえさんは話してくださいました。

愛を充分にもらった――これは、ミチさんとみすゞさんの間でも、同じだったでしょう。ミチさんとみすゞさん、この二人の女性は、〝母の子であり、子の母である〟ことを、きちんと知っていた人でした。

ふうせん

ふうせん持った子が
そばにいて、
私が持ってるようでした。

ぴい、とどこぞで
笛がなる、
まつりのあとの裏どおり、

あかいふうせん、
昼の月、
春のお空にありました。

ふうせん持った子が
行っちゃって、
すこしさみしくなりました。

自分のことのように、人の喜びを喜べる時があります。そんな時は、しあわせな気持ちでいっぱいになります。

〔ふうせん持った子が／そばにいて、／私が持ってるようでした。〕

こんな気持ちになったこともあります。

みすゞさんは、人の喜びやかなしみを共に喜び、共にかなしめる人だったのでしょう。

私とあなたではなく、〝私ともう一人の私〟というまなざしを持った人だったのです。

道元禅師の残されたことばを読むと、みすゞさんの作品を読んだ時の、ハッとして、身を正したくなる感動と同じ感動に出合えることが、よくあります。

その一つに、「他は是れ、吾にあらず」ということばがあります。

道元禅師が宋に渡って、天童山に登り、無際了派に師事された頃のことです。用という六十八歳になる典座（食事の係）が、炎天下で椎茸を干していたそうです。

そこで、道元禅師はたずねました。

「どうしてあなたのような老師が、そのような苦しい仕事をされているのですか、もっと若い人にやらせればいいのに」

すると、用という老師は答えました。

「他は是れ、吾にあらず」

他の人がやったことは、私の修行にはならないと答えられたのです。

そして、もう一つ、この「他は是れ、吾にあらず」から考えられることがあります。

道元禅師は、美しい三段論法で、〝他〟とは誰かを教えてくれているからです。

「我、人に逢うなり。人、人に逢うなり。我、我に逢うなり」

〝他〟とは、じつはもう一人の私なのです。

ですから、「他は是れ、吾にあらず」とは、「他の人に代わってやってもらうとしても、結局は、もう一人の私がやることになるのだから、どうして私自身がやることにふしぎがあろうか」と、いうことだったのでしょう。

私と他とは、〝自他一如〟なのです。

みすゞさんも、〝自他一如〟の人だったから、〔ふうせん持った子が／そばにいて、／私が持ってるようでした。〕であり、〔ふうせん持った子が／行っちゃって、／すこしさみしくなりました。〕なのです。

「他は是れ、吾にあらず」とは、また、人のことだ、他人のことだと思った瞬間、その人と自分とははてしなく無縁の存在になってしまうということでもあるのでしょう。

日々の出来事の中で、かなしいニュースを見ても、なにか自分とは関係のない、ニュースの一コマとして見過ごしているのに、ある日、自分の近い人が同じような体験をしたとたん、同じニュースでも、突然、激しくこころが痛むようになるのは、〝他〟から〝自他一如〟になるからなのかもしれません。

なかなか〝自他一如〟とはいきませんが、せめて、「人のことだから」「他人のことだから」といういい方だけはしない、そんな自分でいたいと、今、強く思います。

梨の芯

梨の芯はすてるもの、だから
芯まで食べる子、けちんぼよ。

梨の芯はすてるもの、だけど
そこらへほうる子、ずるい子よ。

梨の芯はすてるもの、だから
芥箱《ごみばこ》へ入れる子、お悧巧よ。

そこらへすてた梨の芯、
蟻がやんやら、ひいてゆく。
「ずるい子ちゃん、ありがとよ。」

芥箱へいれた梨の芯、
芥取爺さん、取りに来て、
だまってごろごろひいてゆく。

山口県秋芳町・長寿梨の大樹

〔梨の芯はすてるもの、だから〕
〔梨の芯はすてるもの、だけど〕
〔梨の芯はすてるもの、だから〕

「梨の芯」を読むと、「だから」「だけど」とゆれている、みすゞさんのこころのゆれが見えるようで、とても楽しい気持ちになります。

こちら側（人の側）からの見方と、むこう側（自然の側）からの見方が、つな引きをしているような楽しさです。

こちら側から見ると、〔芥箱へ入れる子、お悧巧よ。〕なのですし、〔そこらへほうる子、ずるい子よ。〕なのです。

ここまでは、とても常識的だと自分自身では思っている私は、うんうん、そうだねとなっとくするのです。でも――

その後を読んだとたん、「ああ、まだこちら側から離れられないんだな」と、ため息がでます。

〔そこらへすてた梨の芯、／蟻がやんやら、ひいてゆく。／「ずるい子ちゃん、ありがとよ。」／芥箱へいれた梨の芯、／芥取爺さん、取りに来て、／だまってごろごろひいてゆく。〕

私たちにとって、いいことが、必ずしも、地球上の他の兄弟たちにとっても、いいことだとは限らないのですね。いえ、迷惑のほうが多いのでしょう。

〝地球上で劣悪、最悪なる環境は、私たち自身〟なのです。なぜならば、人類だけが、この地球を傷つけ、汚してきたのですから。私たちのまなざしを、むこう側に変える時がきているのでしょう。

〝名人とは、むこう側から考える人〟のことなんだと思うお話を、山口県秋芳町に住む、梨づくり名人からうかがいました。

大橋昭保さんで、ここには明治三十七（一九〇四）年といいますから、みすゞさんより一つ歳下の二十世紀の大樹が、今も年に二〇〇〇個の実をつけているのです。

「樹を育てるのも、みすゞさんの作品と同じです」と、大橋さんはいいます。

「枝は見えますが、枝の長さまで地面の下では根が広がっているのです。ですから、〝見えない根が元気かどうかは、見える枝を見ることでわかる〟のです」

実を取りやすいように、横に広げた枝は、二十メートル近くもあります。ふしぎなことに、その枝にはアンテナのように、若い枝が天にむかって無数に立っているのです。

「あそこまで水を吸い上げることで、枝のすみずみまで、水がいくようにしてあるのです」とのこと。

「そういえば、この間、お米をつくる名人と話していたら、こんなことをいっていました。

稲がおしゃべりをするというのです。

朝の六時頃、水のはってある田んぼを見まわっていると、稲がいうんですって。

『私たちはつくる人のぬくもりを感じて、豊かな実をつけるのですよ』って。

梨にしろ、稲にしろ、家畜にしろ、つくる人のぬくもりを感じて、初めてよい梨ができ、よい稲ができ、よい家畜ができるのですね」

名人って、すごい！と思いました。

ながい夢

きょうも、きのうも、みんな夢、
去年、一昨年《おととし》、みんな夢。

ひょいとおめめがさめたなら、
かわい、二つの赤ちゃんで、
おっ母ちゃんのお乳をさがしてる。

もしもそうなら、そうしたら、
それこそ、どんなにうれしかろ。

ながいこの夢、おぼえてて、
こんどこそ、いい子になりたいな。

〔ながいこの夢、おぼえてて、／こんどこそ、いい子になりたいな。〕

「ながい夢」を読むと、いつもつぶやいてしまいます。

「みすゞさんはいい子だったよ。もう充分にいい子だったよ」と。

そして、その後に、「いい子になりたいのは、ぼくのほうだよ」ともです。

いい子になりたいと思っていない人は、一人もいないのです。「いい人だね」っていわれるだけで、大人だってうれしいのですから、「いい子だね」っていわれた時の小さい人たちの喜びは、なおさらのことでしょう。

〔きょうも、きのうも、みんな夢、／去年、一昨年、みんな夢。〕であったら、本当にどんなにいいでしょうか。

「ああ、あの時、ああすればよかった」

「この時、こんなふうにいえばよかった」

と、日々、くやむことの多い私です。

だからこそ、みすゞさんの「ながい夢」を読むと、ほっとするのです。――みすゞさんだって、そうだったんだと。

『歎異抄』の中に、「弥陀の本願には、老少善悪のひとをえらばれず」と書かれています。阿弥陀さまの本願とは、この世のすべての人を、一人もらさず平等に救うということです。

阿弥陀さまは、いい子、悪い子のへだて

をなさらないのです。歳を重ねた人であろうと、幼い人であろうと、善なる人であろうと、悪なる人であろうと、全くへだてなく平等に救ってくださるのです。

個々の人だけではありません。

私という一人の人間が、この世に生まれた時からこの世を去るまで、善なる時も、悪なる時も、いつも私と共にいてくださっている、というのです。

なんとうれしい存在でしょうか。

みすゞさんは、まわりの人たちがどんなにいい子だと思っても、いい子ではないなと、自分自身思っていたのでしょう。どんな人だって、よき時と悪しき時があるのですから。そして、それを一番わかっているのは、自分自身ですから。

みすゞさんは自分自身を、まっすぐに見つめる、深い洞察心を持っていた人だったのにちがいありません。

〝よき自分と悪しき自分を、丸ごと受け入れる〟こと。なぜなら、自分という存在は、過去、現在、未来において、〝一度しか体験できない存在〟だからです。

「天上天下唯我独尊」とお釈迦さまはいわれましたが、一度しかない自分を丸ごと受け入れることが大切だと、教えてくださったような気がするのです。

この〝一度しかない自分を丸ごと受け入れる〟、これが信じる心だと思うのです。

まず自分自身の善悪を超えて、丸ごと受け入れる、そうすれば、お釈迦さまも、阿弥陀さまも、神さまも、すでに私の中にいてくださるのですから、この貴い存在をも、丸ごと受け入れるということになるのでしょう。

ばあやのお話

ばあやはあれきり話さない、
あのおはなしは、好きだのに。
「もうきいたよ」といったとき、
ずいぶんさびしい顔してた。
ばあやの瞳《め》には、草山の、
野茨のはなが映ってた。

あのおはなしがなつかしい、
もしも話してくれるなら、
五度も、十度も、おとなしく、
だまって聞いていようもの。

奈良県にある当麻寺の門前に、関西のみすゞ発信基地の中心、民芸店「和」があります。

私自身、年に数回お訪ねするのですが、なにが魅力で、そんなにうかがうのか考えてみると、ここの植本茂さん、和子さんご夫婦が、とても〝うなずき上手〟〝受け上手〟なのです。

そして、「和さん」を慕って集まる方、誰もがそうなのです。

〔「もうきいたよ」といったとき、／ずいぶんさびしい顔してた。〕

「もうきいたよ」と、何十回、いえ、何百回、いってきたことでしょう。その後に、さびしい顔に出合うたびに、私のこころはチクチクと痛んだはずなのにです。

私自身だって、何度も何度も同じ話をしているのです。本当にふしぎなことに、〝人の話は繰り返して聞くとあきるのに、自分は何度繰り返し話してもあきない〟のです。

これからは、みすゞさんが生きた時代より、歳を重ねられた方たちが、はるかにたくさんいらっしゃる時代です。

そんな時代に一番大切なのは、「ばあやのお話」の中のまなざしを忘れないということではないでしょうか。

二十一世紀はこだましあう世紀です。こだますとは、〝うなずき上手〟〝受け上手〟ということでもありますね。

人が何度も繰り返し話すということは、それを話す人にとって、大切な思い出、忘れることのできない時代へとつながる、歳を重ねてきたことの証しなのでしょう。

「もうきいたよ」というのは、いった本人にはなにげないことでも、話をしている人にとっては、大切な思い出を、いえ、その人の存在そのものを否定されたことと同じことになるのかもしれません。

「もうきいたよ」という、ことばだけではありません。私たち大人は、ずいぶんとうなずき上手、受け上手ではなくなったなと思うことがあります。

そのおかげで、歳を重ねてこられた人たちだけでなく、未来のある小さい人たちの勇気さえ、うばってきた、そんな気がします。

小さい人たちが乗り物の中で、初めて人に席をゆずるには、大変な勇気がいるのです。

まわりの大人がどんなふうに思うだろうとか、ことわられたらどうしようとか、いろいろなことが頭の中に浮かんでは消え、浮かんでは消えしながら、それでも勇気をだして、席をゆずろうとしているのです。

その時に、ゆずられた大人が何歳であろうと、にっこりうなずいて、〝「ありがとう」といって、受けてあげられる大人でいたい〟と思います。

もし受けてあげなければ、その子の自尊心は傷つけられ、二度と人に席をゆずることはないでしょう。

一人の〝うなずき上手〟〝受け上手〟の大人がいるおかげで、その小さい人から、また、そんなうれしい行為をしてもらえる人が次々と生まれるのですから。

藪蚊の唄

ブーン、ブン、
木蔭にみつけた、乳母車、
ねんねの赤ちゃん、かわいいな、
ちょいとキスしよ、頰っぺたに。

アーン、アン、
おやおや、赤ちゃん泣き出した、
お守どこ行た、花つみか、
飛んでって告げましょ、耳のはた。

パーン、パン、
どっこい、あぶない、おお怖い、
いきなりぶたれた、掌のひらだ、
命、ひろうたぞ、やあれ、やれ。

ブーン、ブン、
藪のお家は暗いけど、
やっぱりお家へかえろかな、
かえって、母さんとねようかな。

「藪蚊の唄」を読むと、やぶ蚊くんをぱちんとすることに、チクリとこころが痛みます。

きっと、やぶ蚊くんがこの作品を知ったら、にこにこしちゃうにちがいありません。

やぶ蚊くんの存在を、こんなにやさしく歌ってくれた詩人はいないでしょう。やぶ蚊を見ると、やぶ蚊になれる、みすゞさんはすごいと思います。

しかし、それでも私はといえば、夏になるたびに、にっくき蚊くんなのです。いつまでたっても、育たない私です。

ところが、あるFAXのおかげで、蚊くんをパチンとやる回数が一挙に減ったのです。〝ことばって、すごい〟というお話をしましょう。

夏、四週間ほど、小さな庭や玄関前の木や花に、毎日、水をやる仕事がまわってきました。

水をまくのは気持ちがいいのですが、そのたびに、蚊にくわれるのです。どんなに急いで水をまいても、どんなに蚊に気をつけても、だめなのです。

水をまいている時は気がつかないのですが、部屋に戻ったとたん、もうれつなかゆさが襲ってくるのです。それが、腕といわず、足といわず、ところかまわずなのです。それも、同じところを三カ所も、四カ所もなのです。

どうやら、私は痛みにも、かゆみにも耐

えられない人のようで、ワァーとかけだしたくなるくらいにかゆいのです。そこで、あわてて、まるいかゆみ止めを、パチン、パチンとはるのです。たちまち、腕や足は、かゆみ止めだらけになるのです。

ちょうど、その日も、こんな状況の最中に、若い童謡の友人から電話がかかってきたのです。

「もうかゆくてたまらない。もう水なんてやらない！」

と、思わずぐちってしまったのです。

すると、その直後、ジージージー、ピーッと、FAXが入ったのです。

『毎日毎日、お花さんや木さんには水をあげ、蚊さんには血をわけてあげて、本当に聖人のようですね』

――本当に聖人のようですね。

なんていいことばなのでしょう。

FAXを読んだ瞬間、ストンと自分がどこかとても気持ちのよいところへ落ちたようでした。何度も、何度も、ぐちをいっていたことなんか忘れて、（本当はこのことを恥ずかしいと思わなければいけなかったのでしょうが）なんともいえないしあわせな感じに包まれました。

お花には水をあげ、蚊さんには血をわけてあげ――そうだったのです。

花や木に水をやらなければ、枯れてしまいます。花や木は自分で歩いて水を飲みにはこれないのですから。蚊くんにとって、私の血は大事な栄養の一つなのです。

〝ことば一つで、こちら側からむこう側へとまなざしを変えることができる〟のですね。

本当に、〝ことばって、すてき〟、〝ことばって、すごい〟ですね。

仙人

花をたべてた仙人は、
天へのぼってゆきました。
そこでお噺すみました。

私は花をたべました、
緋桃の花は苦かった。
　そこでげんげをたべました。

お花ばかりをたべてたら、
いつかお空へゆけましょう。
　そこでも一つたべました。

けれどそろそろ日がくれて、
お家の灯りがついたから、
　そこで御飯をたべました。

お寺のいちょうの
大筆で
誰か、大文字
かかないか。

東のお空
いっぱいに、
「コドモノクニ」と
書かないか。

いまに出てくる
お月さん、
びっくり、しゃっくり
させないか。

「どうかしましたか」
「イ、イ、イチョウの木が、そ、そ、空に、じ、じ、字を書いてる……」
「それは**マジック**でしょう」

柳家小満ん師匠の『金子みすゞ全集から小咄捻出』の中の一編、「大きな文字」です。小満ん師匠は江戸前の粋な語りの落語家さんで、私の大好きな方です。今、全集から一編一編を、楽しみながら小咄にしてくださっています。

〔そこで御飯をたべました。〕とみすゞさんの「仙人」にありますが、この御飯で師匠からすてきなお話をうかがいました。

小満んさんの師、八代目桂文楽師匠のこ

とばで、〝御飯はよそるのではなく、装うものだよ〟。
さすがに、ことばの名人ですね。では、「魚売りの小母さんに」の咄を、もう一つ！

魚売りさん、
あっち向いてね、
いま、あたし、
花を挿すのよ、
さくらの花を。

だって小母さん、あなたの髪にゃ、
花かんざしも
星のよなピンも、
なんにもないもの、さびしいもの。

ほうら、小母さん、
あなたの髪に、
あのお芝居のお姫さまの、
かんざしよりかきれいな花が、
山のさくらが咲きました。

魚売りさん、
こっち向いてね、
いま、あたし、
花を挿したの、
さくらの花を。

「おや、お嬢さん、おばさんの頭に桜のかんざしを挿してくれたのか、ありがとう。うれしいよ。さあさあ、今日は魚が安いよ！」
かくして、忽ち魚は売り切れで、おまけに、心の中まで花吹雪。
「花いらんかねえ！」
「あれあれ、変な魚売り」

玩具のない子が

玩具《おもちゃ》のない子が
さみしけりゃ、
玩具をやったらなおるでしょう。

母さんのない子が
かなしけりゃ、
母さんをあげたら嬉しいでしょう。

母さんはやさしく
髪を撫で、
玩具は箱から
こぼれてて、

それで私の
さみしいは、
何を貰うたらなおるでしょう。

「玩具のない子が」を読むと、高校時代に読んだ倉田百三の『出家とその弟子』の一場面を思い出します。弟子の唯円が親鸞上人にさびしさについてたずねているところです。

「お師匠様、私は此の頃何だか淋しい気がしてならないのです。……あなたは淋しくはありませんか」

「私も淋しいのだよ。私は一生涯淋しいのだろうと思っている。尤も今の私の淋しさはお前の淋しさとは違うがね」

「どのように違いますか」

「お前の淋しさは対象によって癒される淋しさだが、私の淋しさはもう何時でも癒されない淋しさだ。人間の運命としての淋しさなのだ。……」

そうなのですね。

私のさびしさは、そしてあなたのさびしさも、対象によって癒されるさびしさなのですね。玩具のない子のさびしさは、玩具をもらえばなおるようにです。しかし、みすゞさんのさびしさとは、もっと根源的なさびしさ、運命としてのさびしさなのです。

「それで私の／さみしいは、／何を貰うたらなおるでしょう。」

この何ものにも癒されないさびしさ、運命としてのさびしさとは、生きるために他のいのちを食べなければならないという、根源的なさびしさなのかもしれません。

すべての動物は他のいのちを食べなけれ

ば、自らのいのちをまっとうすることができないということと、すべてのいのちは絶対平等のいのちということの間にある、さびしさなのでしょう。

このさびしさを丸ごと受け入れて、そのうえで、忘れてしまうのではなく、もう一度、さびしいといえるところが、みすゞさんなのです。このことに、強くうたれます。

「では私はどうすればいいのでしょうか」

「淋しい時は淋しがるがいい。運命がお前を育てているのだよ。……」

こちら側からだけでなく、むこう側からも見ることができる、みすゞさんの深いまなざしは、この運命としてのさびしさが育てたのでしょう。

みすゞさんほどではありませんが、私たちだって、さびしさが育ててくれると思うことがよくあります。

そんな時、私たちはだまって、じっと自分の内で耐えてしまうことが多いのです。耐えることで、さびしさが消えていくと思ってしまいがちなのです。

でも、本当にそうでしょうか。

むしろ、はてしないさびしさの淵に落ちていくことがあるような気がします。

それよりも、「さびしい」と口にだしたほうが、一瞬はさらなる深みに落ちていくようでも、繰り返し繰り返し「さびしい」と口に出しているうちに、ふと、さびしさの淵からでられる、そんな気がするのです。

なぜなら、口にだして、耳で聞くという行為の中で、自分の中にいる尊い存在がこだましてくれる、そんな気がするからです。

〝さびしい時は、さびしがるがよろし〟なのですね。

うらない

夕やけ、
小やけ、
赤い草履《ぞんぞ》
飛ばそ。

赤い草履
裏だ、
も一度
飛ばそ。

表
出るまで、
何べんでも
飛ばそ。

夕やけ、
小やけ、
雲まで
飛ばそ。

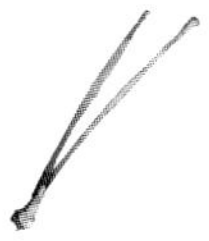

子どもの頃、「あした天気になあれ」とよくズックぐつを飛ばしたものです。あんまり飛ばし過ぎて、屋根の上にあがってしまって大騒動したこともあります。

みすゞさんも、夕日にむかって赤い草履を飛ばしたことでしょう。

仙崎は夕日の美しいところです。

作家の早坂暁先生との「みすゞトーク」の中で、朝日と夕日の話がありました。

「朝日のきれいな海で育った人は、朝日を見た時、『さあ、今日は何をしよう』と考えるのです。

夕日が美しいところに生まれた人は、『今日一日が終わった。私はいったい何をしたのかしら』と、思わずにはいられないのです」

みすゞさんの深いまなざしの元は、その日の一つずつを思い出し、一つひとつに佇むことができたからではないかと思えます。朝日と夕日、その人の生まれ育った土地で、朝日派と夕日派に、人はいつの間にかわかれているのかもしれません。

スヌーピーが大好きで、チャールズ・M・シュルツさん原作の『チャーリー・ブラウンと仲間たち』というビデオをよく見るのですが、この中にも、朝日（日の出）と夕日（日没）の話があります。この回の日本語版台本は中桐直子さんです。

チャーリー・ブラウンには、ルーシー・ヴ

アンペルトという、口の悪さでは天下一品の友だちがいます。ルーシーは精神分析医院ごっこがとくいで、チャーリー・ブラウンの相談をしばしば受けます。相談料は一回五セントです。

その日も、チャーリー・ブラウンはルーシーの分析医院にいきます。

ルーシー　おすわりください。

チャーリー　はい。

ルーシー　私が聞く質問に正直に答えてね。とてもかんたんな質問からでも、精神分析医はいろいろなことが読みとれるのよ。

それでは質問するわよ。

日の出と日没とどっちが好きですか。

チャーリー　日没かな。

ルーシー　やっぱり！　絶対そうだと思ったわ。がっかりしちゃうわ。

日没が好きな人は夢想家なの。すぐにあきらめてしまうの。いつも昔をふり返って前を見ようとしないの。

日の出の好きな人たちは現実的なの。未来への抱負も突進力もあるの。すばらしい人たちよ。

知らないでしょ、チャーリー・ブラウン。悪いんだけど、日没の好きな人の話は聞けないわ。

(ルーシー立ち去る。残されたチャーリーは、ぽつんと…)

チャーリー　……じつをいうと、ぼくは昼間の方が好きなんだけど……

朝日派と夕日派だけでなく、昼間派もありなのですね。私はというと、両方派です。

お勘定

空には雲がいま二つ、
路には人がいま五人。
ここから学校《がっこ》へゆくまでは、
五百六十七足《あし》あって、
電信柱が九本ある。

私の箱のなんきん玉は、
二百三十あったけど、
七つはころげてなくなった。

夜のお空のあの星は、
千と三百五十まで、
かぞえたばかし、まだ知らぬ。

私は勘定が大好《だアいす》き。
なんでも、勘定するよ。

〔空には雲がいま二つ、／路には人がいま五人。〕

声にだして読むと、雲をかぞえたり、人をかぞえたりしながら、テルちゃんと一緒に、小学校へ行く路を歩いているような、なんとも楽しい気持ちになります。

〔空には雲がいま二つ〕というと、空にぱっと雲が二つ浮かび、〔路には人がいま五人〕というと、路にぱっと人が五人現われる、そんな現実性がみすゞさんの作品にはあるからです。

それは、きっと、みすゞさんが単なる空想ではなく、事実の裏づけのうえに、豊かな想像力を自由に遊ばせることのできる感性の持ち主だったからでしょう。

〔ここから学校へゆくまでは、／五百六十七足あって、／電信柱が九本ある。〕

長門市教育委員会文化課の方の話によると、みすゞさんの家から小学校まで、実際に電信柱は九本だったとのこと。仙崎町行政文書の中に、大正十（一九二一）年四月七日受付の山陽電気株式会社申請による仙崎町道路占用願図画によって確認されたそうです。

それなら、もしかして……と思って、調べてみました。いったい肉眼で見える星の数はいくつあるのでしょうか。

〔夜のお空のあの星は、／千と三百五十まで、／かぞえたばかし、まだ知らぬ。〕

と、みすゞさんは歌っています。

全天で一等星は二一、二等星は六七、三等星は一九〇、四等星は七一〇、五等星は二〇〇〇、六等星は五六〇〇ほどあるといいます。

この一等星から六等星までの等級を決めたのは、紀元前、ギリシャに生まれた天文学者、ヒッパルコスです。肉眼でようやく見える星を六等星とし、それより少し明るい星を、五等星、四等星……一番明るい星を一等星と決めたのです。

全天で見える星の数は、約八六〇〇。日本ではその半分ですから、約四三〇〇。

都会では町の明かりで三等星くらいまでしか見えないそうですから、二七二の半分の約一三九。たくさんあるようで、意外と少ないものです。

では、みすゞさんのいた仙崎ではどのくらい見えたかというと、〔千と三百五十まで、／かぞえたばかし、まだ知らぬ。〕と歌っていますから、五等星まで足して二で割ると、なんと！　一四九四。みすゞさんの数と一四四しかちがいません。ほぼ五等星まで見えていたことになります。

もちろん、みすゞさんが本当にそこまでかぞえたとは思いませんが、見える星の数について、知っていたのは事実でしょう。

みすゞさんが尋常小学校に入学した明治四十三（一九一〇）年は、ハレー彗星が地球に接近し、大きな話題となっていましたから、本好きのみすゞさんは、星や、宇宙のことなども、雑誌などで読んでいたでしょう。いえ、小学生の頃とはいわなくても、女学生時代には知っていた、そんな気がします。

みすゞさんの作品は、とても論理的だなとも思います。

お花だったら

もしも私がお花なら、
とてもいい子になれるだろ。

ものが言えなきゃ、あるけなきゃ、
なんでおいたをするものか。

だけど、誰かがやって来て、
いやな花だといったなら、
すぐに怒ってしぼむだろ。

もしもお花になったって、
やっぱしいい子にゃなれまいな、
お花のようにはなれまいな。

「どうして徴税人や罪人と一緒に食事をするのか」という律法学者の問いに、イエスさまは次のように答えています。

「医者を必要とするのは、丈夫な人ではなく病人である。私が来たのは、正しい人を招くためではなく、罪人を招くためである」（新約聖書マルコによる福音書二章）

どうして徴税人や罪人と一緒に食事をするのか——という問いは、その前提として、その人たちと一緒に食事をする人などいないということでしょう。

この人たちは、つまり、誰一人むかいあってくれる人がいない人たちなのです。むかいあってくれる人がいないということは〝その人の存在すら、いてもいないことになっている〟ということです。

自分の存在を受け入れてもらえないということほど、はてしないかなしさはありません。

しかし、この世の中に無用な存在など誰一人、何一つないのです。だから、イエスさまは、この人たちのために来たのです。

「私が来たのは、正しい人を招くためではなく、罪人を招くためである」というイエスさまのことばは、法然上人が口伝し、親鸞上人が伝えた「善人なをもて往生をとぐ、いはんや悪人をや」ということばと重なって、静かにこころに沁みます。

罪人、悪人とは、いい子になりたくても、なれない人なのでしょう。どんなに努力しても、いい子になりきれない人はいるのです。努力が足らないからとか、思いが足らないからとは、ちがうような気がするのです。この人たちのために、じつはイエスさまは来てくださり、阿弥陀さまはいてくださるのです。

〝あなたはあなたでいいの〟と。

では、正しい人、善人とはどんな人なのでしょうか。

大きな川のこちら岸に、私たちは立っていると考えてみると、正しい人、善人とはむこう岸まで、自分の力で泳いで渡れる人だといっていいでしょう。罪人、悪人とは、自分の力では泳いで渡れない人なのです。

しかし、泳げなくても、むこう岸に渡りたいのが私たちです。そんな時、イエスさまのことばや阿弥陀さまの第十八の本願「すべての人を救う」ということばは、とてもほっとします。

なぜなら、泳げなくとも飛び込んでいいとおっしゃっているからです。泳げない人たちのために来たと、イエスさまはいわれ、泳げない人から先に救うと、阿弥陀さまはおっしゃってくださっているからです。

イエスさまも阿弥陀さまも、目の前にいる人から先に救ったりはしないのです。もし、目の前にいる人から順に救っていったら、その中には自分で泳げる人もいるかもしれないのです。そうしたら、その間に、遠くにいる泳げない人はおぼれてしまうからです。

まず泳げない人から、「助けて」という人から救う。これで初めて、すべての人を救うことができるのです。

〝すべての人が平等に幸福になるためには、不平等に愛する〟ということでしょう。

木

お花が散って
実が熟れて、

その実が落ちて
葉が落ちて、

それから芽が出て
花が咲く。

そうして何べん
まわったら、
この木は御用が
すむかしら。

「本を読むということは、あなたが直接会うことのできない世界中のすてきな人に、いつでも会うことができ、また行くことのできないすばらしいところへ、いつでも行ける、そんな楽しいことなのです」と、小学生の頃、母によく教えられました。

本当に、本には私が知らないこと、知りたいことがたくさん書かれています。辞書や百科辞典も含めて、いつもとてもお世話になっているといっていいでしょう。

私たちの脳にはシワがあって、そのシワをぴちっとのばすと、新聞一枚分の大きさになるといいます。この脳はいろいろなことを記憶してくれますが、忘れることもしてくれます。きっと、〝忘れるということも脳の働きの一つ〟なのでしょう。

この忘れたことを思い出させてくれるのも、本の役目の一つです。

つまり、私にとって〝本は外にあるもう一つの脳〟なのです。

それも、私のように内なる脳の整理のへたな人にとって、本はきちんと整理された、最高級の脳にさえ思えるのです。ですから、本を開く時は、いつもワクワクします。

先日、「なぜ木を切ってはいけないのか」という質問に対する、宇宙物理学者で、限りなくオルガニストの佐治晴夫先生の答えをうかがって、思わず、脳の使い方がちがうなと、ため息がでました。

「なぜ木を切ってはいけないのかという

とね、私たちの肺は酸素を吸って、二酸化炭素をだすでしょ。その二酸化炭素を吸って、木は酸素をだしてくれるでしょ。

つまり、〝木は私たちの外にある、もう一つの肺〟なのです。ですから、木を切るという行為は、自分で自分を傷つけることになるでしょ。だから、木を切ってはいけないのです」

〝木は私たちの外にある、もう一つの肺〟、なんていいことばなのでしょうか。

このような発想のできる脳は、大変上質にちがいありません。そこで、佐治先生のもう一つの脳である著書は、私の本棚にたくさんいていただいています。

佐治先生の発想から進めると、「なぜ木を切ってはいけないのか」ではなく、まず原則として、木を切らないという方向にむかいます。

私たちは今まで、「まず木を切ることありき」だったのですが、そうではなく、「まず木を切らないという原則ありき」なのです。

木を切っても、また一本植えればいいという考え方もありますが、植えた木が、失った木の大きさに育つまでには、何年、何十年、時には、何百年もかかるのですから、これは、木を切ってもいいという理由にはなりません。

初めに木を切らないという原則をおいて、そのうえで、どうしても切らなければならないのか、他に方法はないのかを考える――ゆっくりと、時間をかけて、人の側からだけでなく、自然の側から考えるまなざしを持つことが、いま一番必要なのではないでしょうか。

これこそが、みすゞさんのまなざしです。

土と草

母さん知らぬ
草の子を、
なん千万の
草の子を、
土はひとりで
育てます。

草があおあお
茂ったら、
土はかくれて
しまうのに。

さしさを感じました。」

本当にそうなのですね。

一本一本にこころを寄せたから、何千万の草の子と書けたのですね。こんなすごい発見ができた人は、どのくらいいたでしょうか。私にはできませんでした。気づかせてくれてありがとう、と陵雲くんにお礼をいいます。

大地である土は、小さい草、大きい木の区別なく、すべて〝あるがままに育ててくれる〟のです。そして、それがそれぞれらしく育った時、土は見えなくなってしまうのです。お父さんもお母さんも、先生も、みんなこの〝土〟なのですね。

地球上のどんな高地であろうと、低地であろうと、土があるところ草は芽をだします。土はすべての植物に平等にあるのです。

土と同じく、水もまた、すべての植物に

『みすゞさんへの手紙』(JULA出版局)を読むと、小さい人たちの手紙に感激しますし、大人の人たちの手紙に涙がでます。そして、みすゞさんが甦ってくれて本当によかったと、つくづく思います。

「土と草」を読んで、当時、小学校五年生の谷間陵雲くんが、次のような手紙をくれました。

「みすゞさんは、いっぱいの草と書かず、〔何千万の〕と書いてあります。

ぼくは、草をひとまとまりと考えず、草の子一本一本を大切に思うみすゞさんのや

平等にそそぐのです。

法華経巻第三の「薬草喩品」の中で、雨について次のように書いてあります。

「その雲より出ずる所の　一味の水に

草木　叢林は　分に随って潤を受く。」

空から降ってくる同じ雨によって、低い草、高い草、低い木、高い木、それぞれが自分の器、自分の能力に従って、充分にうるおうことができる、というのです。

空から降ってくる雨に最初に出合うのは、もちろん一番高い木でしょう。しかし、一度、雨が降ると、雨は高い木、低い草の区別なく、すべてに平等に降ってくれるのです。平等に降ってくれるということは、すべてを充分にうるおしてくれるということです。土だって同じです。それぞれを充分に育ててくれているのです。

お釈迦さまが雨でたとえられた宇宙観と、みすゞさんが「土と草」で歌った宇宙観は、とてもよく似ています。

日の光も、藪と他を区別せずと歌ったうたが古今和歌集巻十七の中にあります。

日の光やぶしわかねば　石上《いそのかみ》ふりにし里

に花もさきけり　（ふるのいまみち）

〝土によって、雨によって、日の光や月の光によって、この世のすべての存在は平等に育てられている〟のです。

だからこそ、〔母さん知らぬ／草の子〕も、それぞれが自分らしく、のびのびと育つことができたのですね。大いなる存在に抱かれて。

弁天島

「あまりかわいい島だから
ここには惜しい島だから、
貰ってゆくよ、綱つけて。」

青海島大日比の弁天島

北のお国の船乗りが、
ある日、笑っていいました。
うそだ、うそだと思っても、
夜が暗うて、気になって、
朝はお胸もどきどきと、
駈けて浜辺へゆきました。
弁天島は波のうえ、
金のひかりにつつまれて、
もとの緑でありました。

た」でしたが、二番目は賢治さんの「雨ニモマケズ」でした。

小学校四年の時の担任、橋見千恵子先生が毎週のように、自分の好きな詩を原稿用紙に書いて、うしろの黒板にはっていらした、その時に最初に暗唱したものです。

「雨ニモマケズ」から、今、賢治さんとみすゞさんのちがいを考えると――

雨ニモマケズ
風ニモマケズ
雪ニモ夏ノ暑サニモマケヌ
丈夫ナカラダヲモチ
……………………
サウイフモノニ
ワタシハナリタイ

と賢治さんは歌っています。みすゞさんは、「南無妙法蓮華経」と唱えるお題目は、朝日のように思えます。「南無阿弥陀仏」と唱えるお念仏は、夕日のように思えます。

親鸞上人を「夕日のような人でした」と歌った方がおられるそうですが、お念仏そのままの方だったのでしょう。日蓮聖人は「朝日のような人」といってもいいような気がします。きっと、お題目そのままの方だったのでしょう。

法華経の詩人といえば、宮沢賢治さんです。私が初めて詩を覚えたのは、母に教えてもらったカール・ブッセの「山のあな

雨ニモマケテイイヨ
風ニモマケテイイヨ
雪ニモ夏ノ暑サニモマケテイイヨ
丈夫ナカラダバカリデナクテモイイヨ
……………………
サウイフモノニ
ワタシハナリタイ

みすゞさんの「サウイフモノ」とは、〝あるがままの自分を丸ごと受け入れる人〟という意味です。

もしかすると、二十世紀のある時点から、私たちはまず自分をあるがまま受け入れることなく、「ああいう人になりたい」「こういう人になりたい」と、「なりたい族」になっていたのかもしれません。

否定することからは何も生まれてこないのに、自己を否定し、もっともっとと自分自身をむち打ってきたのかもしれません。そして、まわりの人からも、一方的に励まされてきたのかもしれません。

そんな時に、みすゞさんが甦ってくれて、今、多くの人が、ふうっと深呼吸できたといっていいのでしょう。

深呼吸すると、空の広さも気づきます。空の高さに気づきます。宇宙へと続く空の下では、小さすぎる私たちです。

小さすぎる自分に気づいた時、私たちはゆっくりと、まわりを見ることができてくる、そんな気がします。

「鳥と虫とはなけどもなみだをちず。日蓮はなかねどもなみだひまなし」という日蓮聖人のことばがありますが、賢治さんはそんな人になりたかったのでしょう。

賢治さんとみすゞさん、似ているようでちがっていて、ちがうようで似ています。

灰

花咲爺さん、灰おくれ、
笊にのこった灰おくれ、
私はいいことするんだよ。

さくら、もくれん、梨、すもも、
そんなものへは撒きゃしない、
どうせ春には咲くんだよ。

一度もあかい花咲かぬ、
つまらなそうな、森の木に、
灰のありたけ撒くんだよ。

もしもみごとに咲いたなら、
どんなにその木はうれしかろ、
どんなに私もうれしかろ。

ネパール・ナラヤンスタン小学校開校式

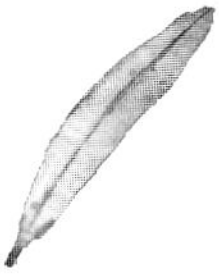

みすゞさんのこころを、それぞれの方法で広げてくださっている方がたくさんおられます。

群馬県長徳寺の酒井大岳先生もそのお一人です。大岳先生とのご縁で、オギノ芳信先生がネパールの子どもたちのために、小学校を建てていることを知りました。

そこで、大岳先生から頼んでいただいて、日本ネパール友好協会（ＮＮＡ）代表のオギノ先生の許可をいただき、今、ＪＵＬＡ出版局に「ネパールみすゞ基金」を設け、小学校建設や医療キャンプのお手伝いを、全国のみすゞファンと共にさせていただいています。

オギノ先生がネパールに学校を建てる活動を始められたのは三十年ほど前からです。

ネパールにヒマラヤの写真を撮りにいった時、そこに生活する人たちの貧しさ、とくに小さい子が一生懸命仕事を手伝っている姿と、幼いうちに亡くなる子の多さを知ったのです。

「そういう姿を見た時、自分のできることをしたくなるのが人間でしょう」と、オギノ先生は、とても軽やかにいわれます。

そして、それから三十年も続けているのです。まるで、「花咲かじいさん」のようです。オギノ先生のお手伝いをさせていただいているおかげで、ネパール・スタディ・ツアーで、でかける機会があるのですが、行くたびに、こころを洗われる感動に出合います。

この間も、NNAが新しくつくったパーチカル・オクシェ村のナラヤンスタン小学校の開校式に、旅の途中、参加させていただきました。

小学校に村じゅうの人が集まっている中で、女性の先生と女の子が三、四人前にでて、お祝いのうたを歌い始めました。

とても一生懸命に、それでも楽しそうに歌っていて、村の男性も女性も、若い人も歳を重ねた人も、みんなにこにこと大きくうなずきながら聞いているのです。

村じゅうの人が、こんなに楽しそうに聞いているのですから、きっと、楽しい内容にちがいありません。

「いったい、どんな内容なのですか」

と、通訳の人にたずねてみました。

すると、通訳の人は大変真剣な表情で、次のように教えてくれたのです。

「このうたは先生と生徒たちでつくったもので、学校ができてうれしい。これからは、女の子でも学校に行かせてほしい。勉強させてほしい。学校に行かせないで、仕事をさせないでほしい。女の子だって勉強をしたいのだから、という内容です」

このうたを、村じゅうの人が、うれしそうに、うなずいて聞いていたのです。

考えてみると、NNAで建てた小学校は、女の子が多いのです。男の子はある程度お金があると、遠くても学校へ通わせているのですが、女の子は労働力になっているのです。

女の子のうたを聞きながら、学校が建つということで、小さい人たちだけでなく、大人も確実に変わり始めている――こんなしあわせな気持ちにさせてもらいました。

落葉

お背戸にゃ落葉がいっぱいだ、
たあれも知らないそのうちに、
こっそり掃いておきましょか。

ひとりでしようと思ったら、
ひとりで嬉しくなって来た。

さらりと一掃き掃いたとき、
表に楽隊やって来た。

あとで、あとでと駈け出して、
通りの角までついてった。

そして、帰ってみた時にゃ、
誰か、きれいに掃いていた、
落葉、のこらずすてていた。

小学生の頃、夏休みの日課として、朝早く起きて、外のそうじをすると決めたことがありました。

ところが、そうじをしていると、ポチが庭からでてきて、ついつい一緒に遊んでしまい、ラジオ体操から戻ってくると、すでに掃いてあったことがよくありました。

そんな時、なにかとてもいいことを、誰かにさきにされたような、ちょっと残念で、ちょっぴりさびしい気持ちになったものです。

〔ひとりでしようと思ったら、／ひとりで嬉しくなって来た。〕

本当にその通りだったのです。誰かにほめてもらおうなんて全く考えずに、ただそうすることがうれしかったのです。

ほめられると、うれしいことがどこかへ飛んでいってしまう、むしろ、そんな気さえしたのです。

みすゞさんもきっと、落葉でいっぱいのお背戸を、こっそり掃いておきたかっただけなのです。そうじできることがうれしくて。

〔落葉、のこらずすてていた。〕と書いてありますから、もしかすると、みすゞさんは落葉を一カ所に、山にして残しておきたかったのかもしれません。

それを見た家の人を、「あれまあ、誰がしたのでしょう！」と、びっくりしゃっくりさせたくてです。

みすゞさんは、こんないたずらもできるかわいい少女だったのでしょう。

人にはそれぞれ、いいことと思うことのちがいはあるでしょうが、〝誰でもいいことをしたい〟と思っているのではないでしょうか。小さい人だけでなく、大人である私たちだってそうでしょう。思ったことが、すなおにできる人になれたらいいなと思います。

みすゞさんのふるさと長門市には、湯本温泉という大きな温泉地があり、すてきなホテルがいくつもありますが、そのホテルの一つ「大谷山荘」の一室に、「掃径迎良友」という掛け軸があります。

――良き友を迎えるために、径を掃く。

さりげなく、そして、なんとあたたかいもてなし方なのだろうと思います。

オギノ芳信先生から、ネパールの旅の途中で、やっぱり外を掃くお話をうかがったことがあります。

オギノ先生に、思い出深い、お母さんのひと言をたずねた時のことでした。

小学生の頃、自分の家の前を掃いていたら、お母さんにこんなふうにいわれたそうです。「隣りのうちの一メートル先まで掃かないと、掃いたことになりませんよ」と。

隣りの家の一メートル先まで、あるいは半分まで掃くことが、本当の意味での、自分の家の前を掃くということなのですね。

この話をうかがった時、オギノ先生にとっては、ネパールという国は、日本の一メートル先だったんだなと思いました。

〝お母さんのひと言で、その子の人生の道が決まることもある〟のですね。

〝ことばって、本当にすてき〟です。

魚市場の朝（仙崎）

大漁

朝焼小焼だ
大漁だ
大羽鰮の
大漁だ。

浜は祭りの
ようだけど
海のなかでは
何万の
鰮のとむらい
するだろう。

「人はなぜ人を傷つけてはいけないのでしょうか」

「いけないから、いけないのです」と、いってしまいたいのですが、「大漁」を読むと、少し答えられるような気がします。

「人はなぜ人を傷つけてはいけないのか」という質問は、「大漁でよかった、よかった」という、こちら側からだけの発想です。

みすゞさんのご親戚の網元のおじさんは、大漁の日は顔が青ざめていたといいます。そして、仏壇に手をあわせていたといいます。捕らえられた魚のいのちに、こころがむかっていたのでしょう。

こちら側からだけでなく、むこう側からも見ることができるのが、真の大人なのでしょう。そして、このことをきちんと小さい人に伝えるのも、大人の仕事でしょう。

「なぜ人を傷つけてはいけないの」とたずねる人に、「あなたは傷つけられてもへいきですか」という質問は無意味です。なぜなら、この質問は、「なぜ傷つけてはいけないの」と同じ、自分だけの側から考えればいい質問だからです。ですから、当然のことのように、「いいよ」となるのです。

「あなたの友だちは、あなたに傷つけられてもいいと思っていると思いますか」とたずねることで、初めて自分の側からではなく、相手の側から考えることができるのです。

「人はなぜ人を傷つけてはいけないのか」の答えは、「相手がそうされたくないから」です。自分は傷つけたくても、相手がされたくない限り、絶対にしてはいけないのです。「相手のことなんかわからない」といったら、相手のことがわかるまで、絶対にしてはいけない、と強くいうべきなのです。むこう側から、相手側から見、考える発想がない限り、私たちの社会は成り立たないのです。

でも、自己中心の私たちです。だからこそ、自己中心で考えてはいけない一番大切なことだから、忘れっぽい私たちのために、神は十戒の中に決めてくれたのでしょう。

「汝、殺すなかれ」と。

幼い時期に、〃いけないことは、いけない〃と、きちんと教えてあげられる、そんな大人でありたいと思います。

私のいのちも、鰮のいのちも、共に四十億年という〃いのち年〃を生きているいのちです。私は今、五十三歳ですから、私の〃いのちの年〃は五十三歳ですが、〃いのち年〃は、四十億年五十三歳です。

四十六億年前に地球ができ、四十億年前に〃いのち〃が生まれ、そのいのちが一度も切れることなく、えんえんと受け継がれて、今、私という器に入っているのです。

一人のいのちは、四十億年という長い年月を経て、今、その人の中にあるのです。

もし、そのいのちを他人が勝手に消そうとするなら、本当はその人だけでなく、いのちを受け継いできたすべての存在に、「勝手に消していいか」をたずねなければいけない、そんな気がします。

いのちの年側からではなく、いのち年側から考えるまなざしが、今、大事なのです。

私と小鳥と鈴と

私が両手をひろげても、
お空はちっとも飛べないが、
飛べる小鳥は私のように、
地面《じべた》を速くは走れない。

私がからだをゆすっても、
きれいな音は出ないけど、
あの鳴る鈴は私のように
たくさんな唄は知らないよ。

鈴と、小鳥と、それから私、
みんなちがって、みんないい。

みすゞさんの「私と小鳥と鈴と」に出合って、小さな人たちから大人まで、どれほど多くの人たちがうれしい思いを持ったことでしょう。

〔みんなちがって、みんないい。〕

誰もが、ずうっと昔から知っていて、じつは誰も、きちんといってくれなかった、そんなすてきなことばのような気がします。

みすゞさんは、なんとうれしいことばを、私たちに伝えてくれたのでしょうか。

〝あなたはあなたでいいの〟〝いるだけで百点満点〟といってくれたのです。

なぜ〝あなたはあなたでいいの〟かというと、誰もが〝四十億年といういのち年〟の中で、たった一度だけ、自分という器にいのちをいただいて、未来へと運んでいく、かけがえのない存在だからです。

そして、どんなにほかの人をうらやんでも、自分という器に入ってくれたいのちは、決してほかの人の器には入ることのできない、唯一のいのちだからです。

小学生の人たちに、「世界で一度きりのものと、二度も三度もあるものと、どちらが宝物ですか」とたずねると、いつもはっきりと答えてくれます。

「一度きりのものです」と。

誰もが自分を一度しかできないということは、〝誰もが宝物〟だということです。一人のこらず、誰もが宝物なのです。あなたも私もです。宝物でない人はいません。

宝物だから、〝いるだけで百点満点〟なのです。

このいるだけで百点満点という尊厳は、他の誰一人として犯すことはできません。どんな権力も、一人の人の尊厳を失わせることはできません。

もし、いるだけで百点満点という尊厳を減らすことができる人がいるとしたら、それは自分だけです。自分だけがしあわせなら、ほかの人はどうなってもいいとか、人を傷つけても、自分だけ得をすればいいと考えることでしか、自分の尊厳を減らすことはないのです。

〔みんなちがって、みんないい。〕とは、努力してできる人と、努力してもできない人がいる、ということでもあります。

努力しても、お空はちっとも飛べないし、地面を速くは走れないこともあるのです。

きれいな音はでないし、たくさんな唄は知らないこともあるのです。それでも、誰もが〝あるがまま〟光り輝いていると、みすゞさんは歌ってくれているのです。

同じように、阿弥陀経の中に「青色青光、黄色黄光、赤色赤光、白色白光」ということばがあります。青い色は青く輝き、黄色は黄色く輝く……それぞれが自分の色のまま、光り輝いているというのです。そして、それだけでなく、じつは、青い色は青くしか輝けないのです。どんなに赤く輝きたいと願っても輝けない、それが尊いのです。ただ〝あるがまま〟に自分らしく光り輝いているからこそ、すばらしいのです。

〔みんなちがって、みんないい。〕

忘れてはいけない大切なことばを、みすゞさんがきちんと歌ってくれたことに感謝したいと思います。

なまけ時計

柱時計のいうことにゃ、
きょうは日曜、菊日和、
旦那さんの役所も休みなら、
坊ちゃん、嬢《じょっ》ちゃん、みンな休み。

あたしばかりがチック、タク、
かせぐばかしでつまらない、
ひとつ、昼寝と出かけよか。

なまけ時計はみつかって、
きりきり、ねじをねじられて、
ごめん、ごめんと鳴り出した。

時計は止まると、ねじをまかれたり、電池を交換されて、また、動きだします。それは、私たちが日常の中で、時計が動いていることを認識しているからです。

初めて腕時計を買ってもらった時、うれしくて、一日何十回も腕時計を見ました。しかし、それも数日で、後は必要な時だけしか見なくなりました。

〝うれしさは、それだけでは何日も続かない〟ものなのですね。

悲しみも、そうだといいなと思います。

時計と同じように、私たちのからだの中にも、確実に時を刻んでいるものがあります。心臓です。こちらは生から死へと、時を刻んでいます。

人は心臓が二十億回動くと、止まるといわれています。外の時計とちがって、うれしいことに、このいつか止まる心臓のことを、私たちはふだん全く意識しないで生活しているのです。

心臓がきちんと動いているかどうか気になったら、一日が不安で不安でしかたないでしょう。きっと、心臓の病を持っていられる方たちは、私よりはるかに日々を大切に過ごしていられるのにちがいないのです。

成人男性の血液は体重の十三分の一だといいます。体重五〇キロの人の血液は四〇〇〇CC、大きなペットボトル二本分です。これだけの血液を一分間で、ほぼ全身にまわすのですから、心臓はすごいポンプです。

私たちの未来を支えてくれる、かわいい赤ちゃんは、この心臓の音を、お母さんのおなかの中で、心音というかたちで聴いて、大きく育ってくるのです。

しかし、大好きなお母さんとむかいあい、抱きしめてもらうためには、赤ちゃんは心音と離れなくてはなりません。このことは、赤ちゃんにとって、どんなにさびしく、不安なことでしょうか。

この不安を取りのぞくことができるのは、お母さんだけです。お母さんに抱かれたり、いつもそばにいてくれることで、赤ちゃんは安心して眠れるのです。

ところが、今は、生まれて間もない赤ちゃんを、すぐにお母さんから取り上げて、新生児室に隔離してしまうのです。

この時の赤ちゃんの不安を、誰も考えてはくれないのです。赤ちゃんは自ら伝えることができないからこそ、赤ちゃんの側に立って考えてくれるお医者さんがいてくださるといいなと思います。もちろん、お母さんの側にもです。

そうでないと、赤ちゃんの不安は取り去られないし、お母さんも、母となる一番大事な時期に、ただの産後の肥立ちの患者さんにされてしまうからです。

健康で生まれた赤ちゃんは、生まれてすぐにお母さんと一緒に過ごせる、そんな日が一日も早くくるといいなと思います。

そうすれば、赤ちゃんもしあわせですし、お母さんの中にある、母としての本能、母性もどんどん大きく、深くなっていくにちがいないと思うのです。

そして、お父さんにとっても、いつでも赤ちゃんを抱ける喜びに出合えるのですから。

雀のかあさん

子供が
子雀
つかまえた。

その子の
かあさん
笑ってた。

雀の
かあさん
それみてた。

お屋根で
鳴かずに
それ見てた。

「雀のかあさん」を読むと、「さるのお母さんは、赤ちゃんを右で抱きますか、左で抱きますか」という質問がいつも浮かびます。誰が最初に考えだされたのかはわかりませんが、お母さんのまなざしがわかる、とてもよい質問で、時々、使わせてもらっています。そんな時――

「左で抱きます」と、もちろん、ほとんどの人が答えてくれます。

「では、どうして左で抱くのですか」とたずねると、驚くことに、「右手で何かをするから」というのです。

これでは、〔子供が／子雀／つかまえた。／／その子の／かあさん／笑ってた。〕と同じ発想なのです。つまり、人のほうから、お母さんの側からだけの発想です。いえ、お母さんの側というより、一個人としての側からの発想でしかありません。

なぜなら、この発想は赤ちゃんを荷物と同じ存在にしてしまっているからです。

〝このお母さんなら、このお父さんなら愛してくれると思って、生まれてきてくれた子どもたち〟です。この小さい人たちの側に立って考えることができる人が、真のお母さんであり、お父さんなのです。

ですから、「どうして左で抱くのか」の答えは、「心臓の音が聴こえる左で抱くほうが、赤ちゃんが安心するから」なのです。

残念ながら、私を含めた大人の多くが、本当の大人でなくなったような気がします。

たとえば、保育園や幼稚園に通っている小さい人たちのことを、大人は園で楽しく遊んでいるだけだと思っています。

しかし、じつは、〝園児も園でお仕事をしている〟のです。

もちろん、お父さん、お母さんの仕事とは質はちがいますが、ただ遊んでいるのではなく、いろいろな人間関係の中で、一生懸命仕事をしているのです。本当は過剰労働を強いられている子もいるのです。

〝我が子も園で仕事をしている〟と考えてくれるお母さんだったら、その子はどんなにしあわせでしょうか。こんなお母さんだったら、自分の疲れを取る前に、きっと我が子のこころの疲れを取ってくれるでしょう。こころの疲れは、大好きなお母さんにぎゅうっと抱きしめられるだけで取れるのですから。

大人の側からではなく、園児の側から考える時代だとも思うのです。

小さな子がいる家庭には、もっとお母さんとお父さんが我が子と一緒にいる時間を増やせるように、国や企業が責任を持って考える、そんな二十一世紀でありたいと思います。

〝その子が生まれてきてくれたから、お父さん、お母さんになれた私たち〟です。我が子の誕生日は、お父さん、お母さんにとっても、お父さん、お母さんになれた誕生日なのです。

「生まれてきてくれてありがとう」

「生んでくれてありがとう」

と、その子の誕生日と一緒に、お父さん、お母さんになれた誕生日も祝ってくれるといいなと、この頃とても思います。

春の朝

雀がなくな、
いい日和だな、
うっとり、うっとり
ねむいな。

上の瞼はあこうか、
下の瞼はまァだよ、
うっとり、うっとり
ねむいな。

我が家には、ホームズとチャーリーと花子がいます。ホームズは数年前に亡くなっているのですが、仕事部屋にも、階段の途中にも写真が飾ってあるので、今も一緒に生活しています。

セントバーナードのホームズも、中型犬のチャーリーも花子も、じつによくこっくり居眠りをします。

「そんなに寝てたら、目がくっついちゃうよ」と、心配になるほどです。

起きている時は、家族のそばから離れません。そして、よく私の前にすわっては、じっと目の中をのぞき込むのです。

――ぼくの方が先に行くのわかってる?

――もっと、もっと、よーく見ておかないでいいの、ぼくのこと? 私のこと?

とでもいうようにです。

そんな時、胸がきゅっと切なくなって、

「大好きだからね、いい子だね」

と、抱きしめることしかできません。

〝いてくれるだけで、もう充分に役に立っている〟ことに、胸がいっぱいになります。

〔上の瞼はあこうか、／下の瞼はまァだよ、／うっとり、うっとり／ねむいな。〕

「春の朝」を読むと、ほとんど一日中、一階と二階の途中のおどり場で、うっとり、うっとり眠っていたホームズの顔を思い出します。

昼間はそれほどではありませんでしたが、

夜、寝室で眠っている時のホームズのいびきは、それはものすごいものでした。後足で立つと、私より少し大きいくらいでしたが、いびきの大きさは何十倍といっていいでしょう。

二階で眠っているいびきが、家族のいる一階の居間まで、地響きのように聞こえてくるのです。その度に、家族は何事かと一瞬シーンとし、それからほっというのです。

「ホーちゃんのいびきだ！」

いびきのうちは、まだいいのですが、何日かに一度、自分のいびきにびっくりして飛び起きるのです。ただ飛び起きるのではなく、頭と前足だけが飛び起きて、後足はまだ眠ったままで、二、三歩走るのです。

そして、ふと、自分のいびきだったことに気づくのでしょう。また、グーグー、スースー、眠り始めるのです。

いびきには慣れましたが、このドドドドドンという飛び起き走りには、最後まで慣れることなく、家族全員、一瞬、ドキッとかたまるばかりでした。

おばあちゃんのチャーリーや、まだ若い花子のいびきは、かわいいもので、よく夜中に夢を見るのでしょう。「ワン　ワン」と、とても立派に犬らしくほえます。きっと、昼間ほえないぶん、夢の中で調節しているのでしょう。

金子みすゞさんは七十年以上も前にこの世を去りましたが、今、たくさんの人のこころの中に生きています。

〝人は思い出すことで、先に亡くなった大切な人を、こころの中で生かし続けることができる〟のです。

いえ、人ばかりではありません。ホームズくんも、私の中で生きているのですから。

転校生

よそから来た子は
かわいい子、
どうすりゃ、おつれに
なれよかな。

おひるやすみに
みていたら、
その子は桜に
もたれてた。

よそから来た子は
よそ言葉、
どんな言葉で
はなそかな。

かえりの路で
ふと見たら、
その子はお連れが
出来ていた。

金平敬之助先生との「みすゞトーク」の中で、ぜひ日本中の先生に知っておいてほしいお話がありましたので、再現してみましょう。

「みすゞさんの『転校生』はやさしい作品ですね。〔よそから来た子は／よそ言葉、／どんな言葉で／はなそかな。〕

転校してきた子に、こちら側からアプローチしています。変なことばを使ったら笑ってやろうというのではなく、こちらからわかることばを使ってあげよう、わかってあげようと……。ここにみすゞさんのやさしさが凝縮されるわけです。

私は学校の先生に、クラスの中に『転校生つきあい』のルールみたいなものをつくってはどうか、といいます。

たとえば、来週、東北から田中くんが転校してくるとします。

その時、田中くんを〝日本で一番やさしく迎えるクラスづくり〟を考えるのです。

まず、舞台をつくって、子どもたちに主役をさせる。つまり、子どもに、場と役割を与えるのです。どのようにしたら、誰に何をさせたら、日本一やさしく迎えるクラスになるか、みんなで考えます。

それから、役を決める役をまず決めます。決める役は五人。これはくじで決めます。この五人は田中くんを日本一やさしく迎える主役です。

さて、この五人は考えます。

いったい田中くんは、どんな人なんだろう。では、あらかじめ田中くんを紹介する役割を決めよう。誰がいいか。

「Aくんはどうも新しい友だちが来ると意地悪をしそうだから、思い切ってA君にしてもらおう」

すると、Aくんは先生から田中くんのプロフィールを聞いて、事前に発表します。きっとAくんはとくとくと話すことでしょう。「みなさん聞いてください。今度、転校してくる田中くんは、身長一五三センチで、サッカーが得意で……」

もうこのように自分が紹介すると、Aくんは絶対に田中くんの味方になります。

後は、校舎の中を案内する人が必要です。一階はBさん、二階はCくん。教科書がどこまで進んでいるかを説明する役の人。スナップ写真を撮る役、その写真をお母さんに届けてあげる役。あるいは、クラスで最初に声をかける役割も考えられますね。

まさに、田中くんが来ることで、みんなが役割を持つ。すると、田中くんが来る前から、みんな『田中くんの友だち』という顔になってしまうのです。

そのような舞台をつくるクラス運営、学校運営をなさったらどうですかと、先生方にお話しするのです」

金平先生のまなざしのすばらしさは、転校生側に立っているというところです。

ここが、みすゞさんと同質なのです。

日本中の学校で、日本一やさしく転校生を迎えるクラスづくりができたらいいなと思います。それにはまず、先生を含めて大人である私たちが、〝こちら側からだけでなく、むこう側からも考えられるまなざしを持つことが不可欠〟です。

みえない星

空のおくには何がある。

空のおくには星がある。

星のおくには何がある。

星のおくにも星がある。
眼には見えない星がある。

みえない星はなんの星。

お供の多い王様の、
ひとりの好きなたましいと、
みんなに見られた踊り子の、
かくれていたいたましいと。

机の前の窓から見える空を、同じ時間に、一年間、写真に写していたことがあります。ですから、カメラはいつも手の届くところに置いてありました。

その日も仕事をしていて、ふと目を上げたとたん、目と目があったのです。

「何？」と一瞬思いました。

野鳩だったのです。「さっきから、ずっと見ていたのに、気づかなかったの？」とでもいうようにです。本当は、野鳩はちがう方向を見ていたのですが、私には目と目があったと思えたのでした。

こんなに目の前にいる野鳩にさえ気づかなかったのですから、「みえない星」を読むと、思わずため息がでてしまいます。

〔星のおくにも星がある。／眼には見えない星がある。／／みえない星はなんの星。／／お供の多い王様の、／ひとりの好きなたましいと、／みんなに見られた踊り子の、／かくれていたいたましいと。〕

本当に、そうなのですね。王様だって、一人になりたい時があるのに、お供がたくさんいていいなと、勝手に思っていたのです。踊り子だって、かくれていたいと思う時があるのに、みんなに見られていいなと、勝手に思っていたのです。

金子みすゞさんって、なんと深いところで、一人の人を見、考えることができたのでしょうか。

〝誰もが一色ではない〟のですね。

私の中にも、いろんな私がいます。愚かな自分、高慢な自分、怒りっぽい自分から、いい人もどきの自分まで、じつに多様です。

おかげで、なまいきな奴だとか、いやな奴だとか、ほんの時々は、いい人ねなんてもいわれます。この場合はたいてい、どうでもいい人の意味なのですが。しかし、どれも正解なのです。どれも私の部分を表現しているのですから。

でも――と、ここでやっぱりいいたくなります。正解であっても、一部分であって、私全体ではないのですと。どんなに宇宙はフラクタル（部分は全体を反映している）につくられているといわれても、自分自身の部分は、全体を反映しているとは思いたくない私なのです。

それでいながら、人のことは勝手に色分けしてしまうのですから、本当に自己中心です。

だからこそ、私が最初にみすゞさんに出合ったのでしょう。私自身のまなざしが変わらないと、家族や大切な人たちがどんなにいやな思いをするかわからなかったからです。

それだけではありません。「よく十六年もみすゞ捜しを続けられましたね」といってくださる方がいますが、私は十六年かかっただけなのです。

それまでに、長い間、みすゞ捜しをし続けてくださった方々がいたから、私は十六年ですんだのです。

見える私の十六年より、見えないその前の方々の時間があって、今、みすゞさんは甦ったのです。その方々のことを、いつも忘れないでいたいと思います。

〝すべてには時が必要〟なのですから。

月と泥棒

十三人の泥棒《どろぼう》が、
北の山から降りて来た。
町を荒らしてやろうとて、
黒い行列つゥくった。

たった一人のお月さま、
東の山からあァがった。
町を飾ってやろうとて、
銀のヴェールを投げかけた。

黒い行列ァ銀になる、
銀の行列ァぞろぞろと、
銀のまちなかゆきぬける。

十三人の泥棒は、
お山のみちも忘れたし、
泥棒《どろぼ》のみちも忘れたし、

南のはてで、気がつけば、
山はしらじら、どこやらで、
コケッコの、バカッコと鶏《とり》がなく。

〔十三人の泥棒が、／北の山から降りて来た。〕と、自分のリズムで声にだして読み始めると、にこにこしてきます。この作品の終わりを、すでに知っているからです。〔十三人の泥棒は、／お山のみちも忘れたし、／泥棒のみちも忘れたし、〃南のはてで、気がつけば、／山はしらじら、どこやらで、／コケッコの、バカッコと鶏がなく。〕

この作品は、第三選集『このみちをゆこうよ』の中にも入っているのですが、とくに選集の挿絵を見ながら読むと、ぴったり

で、よけいににこにこしちゃいます。

ＪＵＬＡの童謡集シリーズは、ずっと高畠純さんに装丁と挿絵をお願いしています。高畠さんの作品に対するセンスがすばらしいからです。このような人を友人に持っているしあわせを感じます。

高畠純さんはシルクスクリーンの画家としても、海外でよく知られています。

泥棒が泥棒の道を忘れたのは、月の光が町に銀のヴェールをかけたからです。しかし、なにも泥棒から町を救ってやろうと思ってしたわけではありません。ただ町を飾ってやりたいと思っただけなのです。

でも、〝本当に美しいものは、人のこころを変える力を持っている〟のでしょう。

十三人の泥棒は、静かで、美しい、お月さまの光に出合って、泥棒の道を忘れてしまったのです。

もし、十三人の泥棒が北の山から降りてきた時に、お月さまがいなかったら、どうなっていたでしょうか。いえ、私たちの地球というお母さんに、お月さまという妹がいなかったら、どんなでしょうか。

実際、いつか月は地球のまわりからいなくなってしまうことがあるかもしれないのです。月は毎年五センチずつ、地球から離れているのだそうですから。

地球は引力で月がどこかへ飛んでいってしまわないように、一生懸命引っぱっているのです。それでも毎年五センチずつは離れているのです。

みすゞさんが生まれてから百年ほどになりますから、その頃に比べて、五メートルも離れてしまっているのです。私たちが気づかぬうちに、確実に、すべては変化しているのです。

地球が月を引っぱっているということは、逆に、月は地球の自転の大きなブレーキの役をしているといえます。

もし、月がなかったら、十三人の泥棒が泥棒の道を忘れないだけでなく、地球そのものが大変なことになるようです。

『もしも月がなかったら』（ニール・F・カミンズ著、増田まもる訳　東京書籍）という本によると、地球の自転は今の三倍の速さ、つまり、一日は八時間になってしまうそうです。地球がそれだけ速く回転すると、ちょっとした台風でも、風速三五〇メートルにもなるそうです。これでは、私たちは生まれてくることはできなかったかもしれませんし、生まれてはいてもちがった形をしていたでしょう。

月があってくれてよかったなと、「月と泥棒」を読みながら思いました。

お月さんとねえや

私があるくとお月さんも歩く、
いいお月さん。

毎晩忘れずに
お空へくるなら
もっともっといいお月さん。

私が笑うとねえやも笑う、
いいねえや。

いつでも御用がなくて
あそんでくれるなら
もっともっといいねえや。

〔私があるくとお月さんも歩く、／いいお月さん。〕

夜、歩いている時に、ふと空を見上げて、お月さんを見つけると、

「あっ、お月さまがいる」

と、今でも声にだしてしまいます。

「ある」のではなくて、「いる」といってしまうから、ふしぎです。

月と一緒に歩くと、一人ぼっちではなく感じられて、うれしいのでしょう。

〔毎晩忘れずに／お空へくるなら／もっともっといいお月さん。〕

月は満月の時も、新月の時も、空にあるのですが、月と地球と太陽の位置で、見えない時もあるのですね。

そういえば、ネパールに行った時、ジョムソンという標高二八〇〇メートルの高地で（ここはかつて鳥葬のあったところだそうですが）、七〇六一メートルのニルギリ北峰からのぼる朝日が見たくて、小さい山の上に登ったことがあります。

すると、ニルギリの上に、三日月がでていたのです。それが、月の欠けた部分が淡く光って、とても透明な満月に見えるのです。地球照です。

私たちの目には、まだ太陽の光は見えないのですが、地球にあたった太陽の光を反射して、見えないはずの月の欠けた部分を淡く浮かびあがらせていたのです。

地球が鏡になって光を反射し、月の見え

ない部分を見せてくれたのです。

それから二十分ほどで、ニルギリ山頂のまっ白い積雪を赤くそめながら、太陽がのぼり始めました。

この時の美しい情景は、今も目の中にはっきりと残っています。

「月影の到らぬ里はなけれども、眺むる人の心にぞすむ」と、法然上人は歌われています。

月影とは月の光のことです。月の光のない場所はないけれど、ただそれに気づくかどうかは、眺むる人のこころにあるというのです。

月の光といい、太陽の光といい、私たちはあまりに慣れ過ぎてきたような気がします。月の光に気づくのは、光によってつくられた、自分の影を見た時、そんな気もします。

「ああ、月の光が今、私を照らしてくれている」と、自分のところまで届いてくれている、月の光に気づくのです。そして、一人ぼっちではなく、はるかな遠い宇宙から見守ってくれている、月や星々のかそけき光に気づくのです。

それは、元気に歩いている時より、すこしうつむきかげんで歩いている時、あるいは、ゆっくりと自分の歩みをかみしめながら歩いている時のほうが、気づきやすい、そんな気もします。

真言宗でいう秘密とは、〝いつも目の前にあるのに、こちら側の目がくもっているから見えないこと〟とうかがったことがあります。みすゞさんのうたも、この秘密と同じだなと思います。

読み手のこころのくもりを払った時、うれしい本質に出合えるのですね。

繭と墓

蚕は繭に
はいります、
きゅうくつそうな
あの繭に。

けれど蚕は
うれしかろ、
蝶々になって
飛べるのよ。

人はお墓へ
はいります、
暗いさみしい
あの墓へ。

そしていい子は
翅が生え、
天使になって
飛べるのよ。

「あのね、かいこは大きくなっても、ちょうちょうにはならないの」

と、小さなかわいい女の子に教えてもらいました。

本当にそうです。蚕は成虫になって、カイコガになっても、空を飛ぶことはできずに、新しい子孫を残して、この世を去るのです。いいえ、多くの蚕は成虫になることもできず、生糸を取るために、繭の中でこの世を去っていくのです。

だからこそ、みすゞさんは、そんな生まれることなく死んでいった蚕たちを、せめて蝶々にして、広く、大きなあの空に飛ばしてやりたいと思ったのでしょう。

師佐藤義美先生から教えられたことばの一つに、「童謡を書きたいのなら、ことばの元の万葉集を読みなさい」というのがありました。

そのことばに従って、万葉集を読みましたが、一つ、ふしぎなことがありました。万葉集の中に、一度も蝶々がでてこないのです。古今和歌集にも、やっぱりでてきませんでした。ずっと昔から蝶々はいたはずなのに、なぜ歌われなかったのでしょうか。

卵から幼虫になり、幼虫からサナギになり、サナギから成虫として、蝶々になって飛ぶのを見た時、昔の人は蝶々の美しさと共に、幼虫と成虫との間の全く異なる姿に、生まれ変わりの不吉を感じたのでしょう。

万葉集の中にも、古今和歌集の中にも歌われていないのは、そのせいでしょう。それなら逆に、生まれ変わることを、一つのこころの拠り所としていた人がいたはずです。武家たちです。

家紋に蝶々を使った代表的な武士団は、平氏だといわれています。美しい蝶々の家紋は、平安後期にはほぼ完成していたといいます。蝶々の種類より、蝶々の家紋の種類のほうが多いとさえいわれます。

ところで、蝶々はサナギというかたちを通して、本当に再生するのでしょうか。どうやら幼虫と成虫とでは、全くちがうといっていいようです。

幼虫は、生きていくために必要な器官だけが備わっています。呼吸器、消化器、排泄器などです。ですから、幼虫はじつによく食べ、よくふんをします。

しかし、この幼虫には、生物として最も大切な、子孫を残すための生殖器がないのです。ですから、幼虫はサナギになった段階で、それまでのからだの器官はすべてこわされて、アミノ酸レベルまで分解され、改めて、触角、複眼、管状の口、四枚の翅……と、蝶々としてのかたちに再構築されていくのです。サナギの中で、蝶々は完全に生まれ変わるのです。

私たちだって、同じです。

私たちがこの世を去った時、私という器をつくっていた炭素や水素や酸素は、新しいいのちを受ける器に再構築されていくのです。あるものは、コスモスという花の器の一部となり、あるものは鯨になったり、あるものは、ミミズの器の一部になって、生まれ変わるのです。こう考えると、すべてのものが、とてもいとおしく思えます。

鯨法会

鯨法会《くじらほうえ》は春のくれ、
海に飛魚採れるころ。

浜のお寺で鳴る鐘が、
ゆれて水面《みのも》をわたるとき、

村の漁夫《りょうし》が羽織着て、
浜のお寺へいそぐとき、

沖で鯨の子がひとり、
その鳴る鐘をききながら、
死んだ父さま、母さまを、
こいし、こいしと泣いてます。
海のおもてを、鐘の音は、
海のどこまで、ひびくやら。

〔鯨法会は春のくれ、／海に飛魚採れるころ。〕

すべてのものが新しいいのちを育む春、その春の暮れだからこそ、この一行にはなおさらさびしさがつのります。

みすゞさんのふるさと仙崎は、古くから漁師町として栄えたところでした。そして、もう一つ、江戸から明治初期にかけて、日本でも有数の捕鯨基地でもありました。

この鯨と、海に生きるすべてのいのちに対して、浄土宗では鯨回向、浄土真宗では鯨法会とよばれる法要が、古くは延宝七（一六七九）年から今日まで続けられているのです。

母鯨と共にいのちを失った胎児のために、青海島には「鯨墓」が残されています。この墓には、元禄五（一六九二）年から明治初期までに捕った胎児七十頭ほどが埋葬され、次のような文字が刻まれています。

業尽有情　雖放不生
故宿人天　同証仏果
南無阿弥陀仏

「母鯨と共にいのちの終わった子鯨よ。海へ放してやりたいが、とうてい生きることはできないであろう。どうぞあわれな子鯨よ。ならば人間と共に人間の慣習によって、仏の功徳を受けてほしい」

「鯨墓」は全国に五十基ほどあるそうで

すが、これだけの胎児を実際に埋葬しているのは、ここだけだといいます。この鯨墓は、いつでも胎児たちが海の母鯨に会えるように、海で亡くなった母鯨が胎児に会えるように、海にむかって建っています。

それだけではなく、青海島・通の向岸寺には、「鯨の位牌」と「鯨鯢群類過去帳」が残っていて、海に生きるこの土地の人々のいのちに対する深いやさしさを感じます。

向岸寺の海側、大越の浜には二つの墓が並んで建っています。一つは、「常陸丸遭難者」の墓であり、もう一つは、「露艦戦士」の墓です。

みすゞさんの生まれた翌年の明治三十七（一九〇四）年二月、日露戦争が起こりました。その年の六月十六日、千人を超える兵士をのせた輸送船・常陸丸が対馬海峡でロシア艦隊の砲撃を受け、多くの兵士が船と運命を共にしました。その遺体が大越の浜に漂着したのを、ここに葬ったのが、「常陸丸遭難者」の墓です。

「露鑑戦士」の墓は、翌年の明治三十八（一九〇五）年五月二十七日、バルチック艦隊と日本連合艦隊との戦いで戦死したロシア兵士の遺体が、同じ大越の浜に漂着したのを葬り、供養したものです。

敵味方を越えて、日本海にむかってよりそうように建っているこの二つの墓は、鯨墓の延長上にあるような気がします。

生きとし生けるもの、この世のすべてにあたたかいまなざしを投げかけた金子みすゞ。

みすゞさんのまなざし、こだましあうまなざし、むこう側からも見、考えることのできるまなざしは、仙崎という風土が生み、育てたといっていいでしょう。

あとがき

「もし、ぼくがみすゞさんに出合わなかったら」と、前作『みすゞコスモス――わが内なる宇宙』のあとがきで書きましたが、今も、この〝もし〟がずっと続いています。

もし、ぼくがみすゞさんに出合わなかったら、今のぼくはいなかったでしょう。

もし、ぼくがみすゞさんに出合わなかったら、自分の側、こちら側から見、考えることしかできなかったでしょう。

もし、ぼくがみすゞさんに出合わなかったら、この世のすべてはこだましあっていることにさえ、気づかなかったでしょう。

もし、ぼくがみすゞさんに出合わなかったら、たくさんのすてきな方々とお会いすることもできなかったでしょう。

　本当に、もし、ぼくが……。もし、ぼくが……。


　いくら書き続けても、書きつくせないほど、みすゞさんに出合えてよかった、甦ってくれてよかったと、心から思います。

　みすゞさんの宇宙を旅して、一番変わったのはぼく自身でしょう。変わらなければならないぼくだったから、みすゞさんは一番最初に、全作品を見せてくれたのでしょう。

　はてしなく、人は変わる機会を持っていると、今、つくづく思います。ただし、変わったと思っているうちは、本当は何も変わっていないのかもしれませんが——。

　ただ、まっすぐに、みすゞ道を歩いていけたらいいなと思うばかりです。

自分中心、こちら側のまなざしを、むこう側へと少しでも変えるだけで、なんと多様な様子を、ぼくたちのまわりは見せてくれるのでしょうか。

今、ぼくはぼくであることに、とても感謝しています。そして、今、人として、この世にいることにとても感動しています。

今という、この時に、ぼくがこの世に誕生していなかったら、今、ぼくが出合っている感動に出合うことはなかったでしょう。

この感動に出合わせてくれたのは、金子みすゞさんでした。

みすゞさん、ありがとうございます。

この本に登場してくださった、みすゞコスモスの先達のみなさんに、心より感謝申しあげます。

この本をすてきな写真で飾ってくださったみ

なさん、そして、すてきな一冊にまとめてくださったデザイナーの三上眞佐子さん、JULA出版局の大村祐子さん、北尾知子さんにも、心からお礼申しあげます。

二〇〇一年　一月二二日

金子みすゞ●かねこみすず／本名金子テル。明治36（1903）年、山口県大津郡仙崎村（今の長門市）に生まれる。大正末期から昭和の初期に、すぐれた作品を発表し、西條八十に「若き童謡詩人の巨星」とまで称賛されながら、昭和5年（1930）年、26歳の若さで世を去った。没後その作品は散逸し、幻の童謡詩人と語りつがれるばかりとなったが、童謡詩人・矢崎節夫の長年の努力により遺稿集が見つかり、出版された。そのやさしさに貫かれた詩句の数々は、今確実に人々の心に広がり始めている。
『みすゞコスモス』出版後、矢崎節夫の呼びかけにより、みすゞの魅力を多くの人たちで共有したいと全国ネットワーク「スペース・みすゞコスモス」が誕生、各界で活躍するみすゞファンを招いての「みすゞトーク」などの活動をとおして、感動の輪を広げている。

矢崎節夫●やざきせつお／昭和22（1947）年、東京生まれ。早稲田大学英文学科卒業。童謡詩人佐藤義美、まど・みちおに師事し、童謡・童話などの世界で活躍。昭和57（1982）年、童話集『ほしとそらのしたで』（フレーベル館）で、第12回赤い鳥文学賞を受賞する。また、童謡詩人金子みすゞの埋もれていた遺稿を見つけだし、『金子みすゞ全集』（JULA出版局）として出版、以後その作品集の編集・出版に携わっている。
主著に、童謡集『ぼくがいないとき』（雁書館）、絵本『うさこのサンタクロース』（フレーベル館）、『みみこのおはよう』（JULA出版局）、童話『せいくんとおねしょん』（小峰書店）、評伝『童謡詩人金子みすゞの生涯』（JULA出版局）等がある。

＊金子みすゞの詩は、『金子みすゞ全集』より転載。表記は、旧仮名づかい・旧漢字を新しいものに改め、ルビは一部省略している。

写真提供

脇田智――――P.54
篠田有史―――P.9、P.10、P.27、P.34、P.59、P.66、P.78、P.86、P.90、P.94、P.147、P.151
㈲OPO ―――カバー、P.30、P.38、P.102、P.118、P.134、P.139、P.142
酒井大岳―――P.18
児玉安衣子――P.111
草場睦弘―――P.15、P.23、P.51、P.74、P.106
矢崎節夫―――P.122、P.130
西村祐見子――P.99

みすゞコスモス2…いのち こだます宇宙

著者――――矢崎節夫
発行日―――2001年4月1日 第1刷 2002年11月6日 第5刷
発行者―――大村祐子
発行所―――JULA出版局
〒171-0033 東京都豊島区高田3-3-22 ☎03-3200-7795
印刷――――新日本印刷株式会社
製本――――小高製本工業株式会社
編集制作――北尾知子
装丁――――三上眞佐子